dtv

Sie können einem schon die Sprache verschlagen, die provokanten Verse einiger jüngerer Schwuler. Ungeschminkt benennen sie ihre Erfahrungen, scheuen keine *four-letter-words.* Anders zu Beginn des 20. Jahrhunderts: das Versteckspiel, die Camouflage war überlebenswichtig, und nicht selten vermochte sie die poetische Sprache gar zu beflügeln. Das gesamte Spektrum vom verschwiegenen Pathos bis zur ausgelebten Sexualität loten die rund 140 Gedichte dieses Bandes aus und zeigen – eine Liebe wie andere auch: zärtlich und heftig, festlich und alltäglich, tiefsinnig und hochkomisch. Präsentiert wird das Beste aus der klassischen Moderne wie der unmittelbaren Gegenwart, in Szene gesetzt von prominenten Autoren, aber auch von vielen, die lange nur als Außenseiter veröffentlichen konnten.

Die Herausgeber *Hans Stempel* und *Martin Ripkens* wohnen in München. Sie leben und arbeiten seit vierzig Jahren zusammen, waren Berater eines Medien-Konzerns, schrieben mehrere Kinder- und Jugendbücher, drehten Dokumentarfilme sowie den Spielfilm ›Eine Liebe wie andere auch‹.

ACH KERL ICH KRIEG DICH NICHT AUS MEINEM KOPF

Männerliebe in deutschen Gedichten
des 20. Jahrhunderts

Herausgegeben
und mit einem Nachwort von
Hans Stempel und Martin Ripkens

Deutscher Taschenbuch Verlag

Von Hans Stempel und Martin Ripkens
sind im Deutschen Taschenbuch Verlag erschienen:
Hyperion am Bahnhof Zoo (12524)
Das Glück ist kein Hautier (24227)

*Mit Dank an Ursula Haeusgen
und Rainer Herrn*

Originalausgabe
Juni 1997
2. Auflage Mai 2002
Deutscher Taschenbuch Verlag GmbH & Co. KG,
München
www.dtv.de

Umschlagkonzept: Balk & Brumshagen
Umschlagfoto: © Norbert Heuler
Gesamtherstellung: Druckerei C. H. Beck, Nördlingen
Gedruckt auf säurefreiem, chlorfrei gebleichtem Papier
Printed in Germany · ISBN 3-423-20525-3

INHALT

I

TOP SECRET

In dir ein edler Sklave ist,
dem du die Freiheit schuldig bist.

Matthias Claudius

Armin T. Wegner

Wenn das Blut so in mir rinnt,
fühl ich, daß in meinen Gliedern
Lüste sind, die toll und blind
tanzen möchten mit den Brüdern.
Daß im Schlaf der Tod doch käme
und mich in das Dunkel nähme,
daß ich nie den Tag mehr sehe,
denn in meiner Seele sind
Dinge, die ich nicht verstehe.

Rainer Brambach

Alleinstehende Männer

Einer sammelt Steine.
Einer erwirbt Briefmarken.
Ein dritter spielt Fernschach
und einer steht lauernd am Abend
im Park.
Einer lernt Russisch.
Einer liest Shakespeare.
Einer schreibt Brief um Brief
und einer trinkt Rotwein am Abend,
sonst geschieht nichts.
Sie trinken, lesen, lauern, erwerben,
die Männer allein am Abend.
Sie schreiben, lernen, spielen, sammeln,
ein jeder für sich nach Feierabend.
Einer besucht eine Operette.
Einer hört Bach.
Einer hütet ein Geheimnis.
Wie ein Hund an der Kette
läuft er Abend für Abend entlang den Alleen.

Cyrus Atabay

Entgegennahme

Hier bin ich, ein junger Mann
unter Birken und Sternen,
der nichts so liebt wie herbstliche Alleen,
in der Tasche noch etwas Münze,
ach, mehr braucht er nicht,
und Kleingeld klingt wie Zikadenglockenspiel
in Sommernächten,
o jene sternüberrauschten Nächte.

Grenzwanderer zwischen zwei Welten,
hier liegt dein Kahn und liegt zerschellt.
Den fremden Göttern entrichtete das Auge Tribut
wie aus dem angeschnittenen Mohn Mnemosyne quillt,
es sieht die Küste klar und erträgt das Licht,
doch hör' ich im Rücken immerfort das Meer:
welcher Versunkenheiten Erbe bin ich denn,
daß mich die Brandung unaufhörlich ruft?

So gehn und gehn, schattenüberhangen,
ja, Schatten, da waltete sein Glück,
zwar nur ein Schattenglück,
doch nahm er es entgegen aus Gärten,
Schneebeere und Feuergarben
und aus deinen Händen,
Schattengefährte,
in sternüberrauschten Nächten.

Oliver Fasnacht

Top Secret

Welche Liebe, welche Lüste
ziehen brennend durch sein Herz.
Wenn er doch nur endlich wüßte,
ob er sich drum schämen müßte.
Noch reimt sich auf Herz nur Schmerz.

Nein, er will sich nicht belügen,
will wohl sein, was er längst ist,
will sein Sehnen nicht betrügen,
will sein Wollen selbst verfügen,
ohne Maske, ohne List,

will er sich zum Freund bekennen,
den er heimlich herzlich liebt,
will sein Glück beim Namen nennen,
will nicht gegen Wände rennen,
die es gar nicht wirklich gibt.

So denkt er, wenn er besoffen.
Ja, besoffen hat er Mut.
Da wagt er sogar zu hoffen,
alle Himmel stünden offen.
Nüchtern ist er auf der Hut.

Max Herrmann-Neisse

Der jugendliche Held

Er ist der Fraun und Mädchen süßer Schwarm:
Sie senden ihm Konfekt und Schokoladen
Und streichen hartnäckig auf Promenaden
Um ihn herum und blicken sehnsuchtsharm.

Sie bleiben tausendmal vor jenem Laden,
Drin seine Bilder sind, und werden warm,
Wenn sie begeistert preisen seinen Arm,
Und seine Nase, Augen, Stirn und Waden.

Sie stehlen heimlich die Visitenkarte
Von seiner Tür und streicheln im Gedicht
»Den gertenschlanken, frühlingsfrischen Leib«.

Er gibt geheim den Huldinnen recht harte,
Erboste Namen und – »Tu aus das Licht!« –
Lebt mit dem Komiker wie Mann und Weib.

Christiane Grosz

Stolz

Da geht er, in einem abgeknitterten Mantel
Krumm eine Schulter hebend
Gleichgewicht täuschend
Einen Fuß nachschleifend, aber im
Erhöhten Schuh, ausgeborgt aus dem
Fundus des klassischen Theaters.
Die eine Hand in der Tasche
Die rotverrenkten Finger versteckend
Mit geschminktem Lid verschlagen
Die trüben Augen.
Das Tuch in die Stirn gezogen
Querfalten der Angst zu
Verbergen, Haare zerzaust
Und büschelweise fehlend am
Geschundenen Schädel.
Einen breiten Gürtel festgeschnürt
Zu stützen die grüngeprügelte Hüfte.

Liebe versetzte den Stoß

Albert H. Rausch

Abenteuer

Nimm den Leuchter auf und schreite
Stumm voran – ich folge nach.
Sorge, daß dein Fuß nicht gleite
An der Schwelle zum Gemach.

Zitterst du? »Die Flamme zittert
An der bleichen Wand.« ... Gib acht,
Daß die Sünde dieser Nacht
Keiner von den Schläfern wittert.

WOLFDIETRICH SCHNURRE

Theater

Rotlicht.
Wolken von Puder.
Der Mime übt Lächeln
und gedenkt des
Epheben.

Kuno Raeber

Kardinal

Seine Robe rollt,
wenn er im Park spaziert,
bis fast ins Meer,
das ihn violett zurück ins Zimmer mahnt.

Eh er sich aber ganz gewendet,
bezaubert ihn das Sternbild, das,
die bunten Lichter wechselnd,
aus dem Dunstraum schnell herauffährt.
So schnell, daß er Sankt Nikolaus bäte,
es aufzuhalten,
wenn er nicht wüßte,
daß es täglich um diese gleiche Stunde unaufhaltsam
hier durch nach Rom fliegt.

Statt seiner Robe bleibt das Rosenbeet
am Strande ausgebreitet,
wenn er im kleinen Kleid Zitronensaft
trinkt und beschwört die ruhigeren Bilder,
daß sie bleiben, bleiben.

Da doch manchmal schon Matrosen
ganz nah heran auf Paddelbooten kommen
und ihn zusammen mit den Pfauen knipsen
und ihm freundlich »Dann eben nicht« zurufen,
wenn er mit Würde ihre Zigaretten ablehnt ...

Ernst Wilhelm Lotz

Der Tänzer

Ich weiß, daß ich in lichtem Traume bin,
Der mich bewege und mich himmlisch quäle:
Ich tanze über blanke Treppen hin,
Die auf und nieder gehn durch weite Säle.

Ich gleite ungehüllt auf nackten Füßen;
Viel Lichter breiten mir den Schaukelgang;
Mein Körper biegt sich spielend in dem süßen
Gefühl der Wellen und der Glieder Drang.

Und meine Augen langen in die Runde,
Wo drunten viele hundert Männer stehn,
Die aufwärts starren mit beschämtem Munde
Und lüstern meine rühren Reize sehn.

Vorüber tanze ich den langen Blicken,
Durchpulst von einem eigen-sichern Schwung:
Ich weiß, ich banne Hundert von Geschicken
In meines Leibes weißen Wellensprung;

Die Wände dehnen sich. Die Sterne scheinen
Vereist herein. Getilgt sind Raum und Zeit.
Und aller Erde Mannheit, sich um mich zu einen,
Umwogt die runde Fahne meiner Mannbarkeit.

CHRISTOPH GEISER

anpasser

wir sind auffallend
modisch gekleidet
fallen wir nicht auf
durch unsere normale verrücktheit
verstecken wir uns gut
hinter dem wahnsinn
nach zweiundzwanziguhr nicht mehr zu stören
still
haben wir uns vertraglich verpflichtet
gehen wir mit
ab

Kuno Raeber

Spritzer

Die Spritzer auf dem
Spiegel die Krümel
auf dem abgegessenen
Tisch keine
Botschaft die
Knochen im Eimer
nicht einmal eine
Drohung im halb
geöffneten Fenster vier
Monate schon dauert der Winter der
Kanal im Dunst
im vereisten
Tümpel keine Botschaft und erst
recht keine Drohung der Fuß
nicht einmal auf die erste
Stufe gesetzt der
Sog des Kellers und ange-
kündigt von Käfern
schwarz aber und glänzend
das Leder der Bank im
knarrenden Aufzug und auf dem
Spiegel die Spritzer

Oliver Fasnacht

Die schöne Schwester

Wie sie das macht:
wie sie geht, wie sie gurrt, wie sie lacht,
wie sie mit den Zähnen blitzt, mit den Augen schießt,
wie sie Pauls Verwirrung strahlend genießt,
wie sie den Schüchternen leicht an der Schulter berührt,
wie sie des Bruders Schulfreund schamlos verführt.
Und wie Paul, sein hübscher Paul,
sein Glück noch immer nicht faßt,
und wie er, ihr verklemmter Bruder,
sie dafür herzlich haßt.

LUTZ RATHENOW

Ein Mann

Fast bin ich traurig, erklärt Don Juan,
lasse wieder den Bekannten im Stich,
der keinen mehr findet,
dem er das Gesäß streicheln kann.
Der wieder, das vierte Mal diese Woche,
mit seiner Frau schlafen muß.
Ihr schickte er drei Freunde schon,
doch sie will nur einen: seinen.
Eine Hausfrau wartet, ich eile.
Muß mich zuvor als Frau kostümieren.
Von Männern hat die genug.

Max Ernst

Der Mythenschirm

oh herkules oh fraukules
oh fraukules oh frau
oh ferkules oh haukules
oh herkules und frau

Cyrus Atabay

Aufforderung

Was du nie tatest, lerne es jetzt tun,
was du an dir versäumtest, nimm es an dich:
Öffne die Tür des Schatzhauses,
wo die Früchte aller Jahre liegen,
die du unbesehen gehäuft,
sieh, wie die Kerne jener Tage leuchten!
Wenn du nicht Genüge tust an dem,
worüber achtlos ging dein Blick,
dann hast du vertan dein Leben,
das gleich dem Pfeil
dem Griff der Hand entflieht
und uneinholbar bleibt für immer.
Es ist eine Frage in deinem Leben,
die will dem Schein entrissen sein,
es ist ein Stein in der Brunnentiefe,
der will gehoben sein.

1960

II

DIE ZÄRTLICHKEIT DER WÖLFE

Zwei Wölfe im finsteren Wald
Mischten wir unser Blut in steinerner Umarmung
Und die Sterne unseres Geschlechts fielen auf uns.

Georg Trakl

THOMAS LUTHARDT

Einander Begegnen
sanft
auf der brücke
unserer blicke
aber
die tiere
in unseren augen
zielen
ihren sprung
aufs herz

Detlev Meyer

Vom Jagen

Ein Tiger bin ich,
denk ich mir,
nur jetzt,
nur hier und heute;

und du Gazelle,
denke dir,
das arme, arme Opfertier,
nur jetzt,
nur hier und heute.

Bist Speise mir
und bist mir Trank,
und bist mir,
nur ein Wunschbild lang,
reiche, reiche Beute.

Jürgen Baldiga

Ich weiß
ich bin dein Hund
Krieche vor dir
und lasse mich ficken
Paß auf
Ich bin dein Hund
Zerfleische dich
Zerreiße dich

Mario Wirz

Fleischmarkt

Wenn ich sie schon nicht mehr retten kann,
meine arme Haut,
trage ich sie zu Markte
und biete feil
die unversehrten Zentimeter,
noch die eine und andere Stelle frei
für blaue Flecken.

KARSTEN WITTE

Haltestelle

Die Falte am Auge
ist nicht auszubügeln
das Kinn wird hart
die Lippe schlapp

Du hättest mich gern
sagst du zum Abschied
über den Zaun gezogen
und festgenagelt

Ich kann mir denken
wie deine Augen
mich ans Ende
der Lust begleiten

Aber weiter nicht.

Peter Hofmann

Black Jack

meine hand pfeift
dein arsch ist ertaubt
als könnten dir die striemen zeigen
wie leicht sich haut von haut entfernt
du wärst ein handschuh kalter fäuste
und deine makellos gerenkten glieder
wolln einen dienernacken tragen?

und leder brächte dich zum sprechen
wenn du dir auf die zunge beißt
auf zur rasur! dann siehst du mehr von dir
mit augenbinde darfst du weinen
wenn jener meister einen schrei gestattet

dein arsch ist taub

Detlev Meyer

Fortschritt

Er war zu höflich
wie alle Männer
in knappen Jacken

Seine Freunde mußten ihm
die Stiefel lecken
aber im Supermarkt
küßte er wildfremden
Frauen die Hand

In den Augenblicken der Lust
kamen ihm nur Schimpfwörter
über die Lippen aber
bei seinen Nachbarinnen
verstand er sich aufs
Komplimente-Machen
wie ein alter Charmeur

Eines Tages küßte er
– aus Versehen –
einem Lederkerl die Hand
und nannte seine Hauswirtin
eine Drecksau

Da atmete er tief durch
und sagte zu sich:
Auch gut – So will ich es
halten in Zukunft

Stefan Reichert

Mein Liebster will
Hure sein. So tu ichs
ihm nach hier
und dort, daß uns die kleine
Freiheit nicht trennt. Bin
auch eine Hure geworden
und mach jedem Bürger
eine lange Nase
zwischen den Beinen.

Mein Liebster kommt
dienstags und freitags, wenn der Mond
scheint. Dann ist
wieder das Laken gewechselt
und ein Wein
steht bereit. Da sitzen wir
zur Nacht eine Stunde, erkennen
uns nicht und suchen immer
die Liebe im Bett.

Ach, Liebster,
hörst du, ein Wind
kam auf. Ob er
das Wölkchen Liebe
uns her- oder
fortschiebt?

1981

Micha Schmidt

zugfahrt

also kreischen die bahnsteige zuckt die schlange
durchs land läßt zurück die achte häutung aus
stahl und öl trennungsumarmungskußzurbegrüßung
wieder in die erste haut schlüpfen aus der die träume
kommen irgendwo in der kinderzeitstadt unter der uhr
aus der rinnt roter sand und
versaut das eigne getriebe
&
haut für haut
immer drüber wie ein pariser nur keine genesis der träume
zulassen die ist vielleicht unkontrollierbar lebensträchtig
aber muß sein und warum auch nicht auf dieser zug-
toilette mit diesem großen spiegel mit dem rotblonden
schopf in meinem schoß fühlbar wie die veränderungen
in der zeit und der haß auf uns
&
also gleist der zugige wind
durchs land fortsetzungsgeschichte mit mehreren
unbekannten mathematisch die lösung weil es ist
rückfahrt wir treffen uns am hinterausgang der
begrüßungsblumenstraußduft wirft die häute wieder
über uns getrauen wir uns vor den anderen nicht einmal
bei den händen zu halten

Micha Schmidt

meine sätze beginnen am abend
auf den autobahnen mit der stimme ausm äther
wie ein tramper der nicht widerspricht
weil er doch auch fort will denn
wer hält schon nachts an
um dunkle gestalten wie mich mit
zu nehmen wie ich alle genommen
vergessen selten geliebt aber
immer begehrt manchmal wie vergewaltigt
komme ich mir vor hinterher
auch von der see die dringt überall ein
umgibt mich gänzlich
und nur solange der tramper
eine andere richtung angibt
werde ich nicht ankommen
aber wenn doch einmal
wird es das ende sein
versprochen

Uwe Kolbe

Salzburg im Mai

Genagelt. Gepfeilt.
Die Wand freiwillig gewählt,
die Säule zum Schluß.
Zu viele Bilder, drum süchtig,
hinabzusteigen zur Mutter.
Sturm, viel Sturm auf der Feste,
viel Lustwandel, Sünde,
bewußt zu sehr, drum
fest, pfähle mich, Kind.
Pfähl mich, wo nichts beßres.
Sieh her, alten Schwamm
zu nageln, zerreißen.
Spiel mir das Lied, Elis.

Karsten Witte

Grenzen

Mit dem Kopf in der Scheiße
stecken nur die Gefolterten
und jene Grenzgänger
die sich zur letzten Lust
den Leib der Geliebten
von innen besehen

Wir haben den Kopf oben
die Augen offen nicht wahr
denken nicht an Selbstmord
wir braven Ficker bedienen
uns nur der Faust die wir
sonst nicht mehr hochkriegen

CYRUS ATABAY

Über ein Bild Francis Bacons

Sie sind es nicht mehr,
was sie einmal schienen:
sind hilflos und entstellt,
ein Knäuel, ineinander verbissen,
vom Geschlecht übermannt
in einem Kampf,
der Erfüllung sucht.
Ein Schrei, von niemand erhört
und von niemand beraten –
aber in Freiheit
wehen die Gräser.

III

KLAPPENTEXTE

Nachts klebten wir Flugblätter in der Stadt.
Und wir probierten aus
  in der Dunkelheit
  wie das ist
    wenn man liebt.
Die Wahrheit las ich
  eingeritzt auf einer Pissoirwand
am Alexanderplatz.

Horst Bienek

Felix Rexhausen

Dienstlich unterwegs

Hinter Spiegeln,
durchschau-klaren
in Pissoiren,
öffentlichen,
saßen, sitzen
da und dort mal
Polizisten,
um den Fortfall
rechter Sitten
zu gewahren
und dann mitten
reinzufahren
und die Sittlichkeit zu schützen.

KUNO RAEBER

Stadtnacht

Aus der Mitte lauf
durch die Alleen hinaus
lauf und halt nicht an am
aufgelassenen Friedhof
tritt nicht durch die enge
Pforte steig nicht
in das Beingewölbe
hinunter Geruch der
Pfützen säuerlich süßlich
durchtränkt die
Papiertaschentücher
an der Ampel
oben ein Quietschen ein
Wagen hält und
halt nicht lauf weiter
über die Brücke die
Mitte Widerschein hell am bewölkten
Himmel die Ab-
geschiednen gelehnt
an die Bäume halt nicht
halt nicht und lauf

zurück über
die andere Brücke
durch das Tor ohne
Flügel kein Eingang
kein Ausgang zurück
halt nicht halt nicht
lauf
in die Mumie gleißend und
nicht zu erwecken
hinein in die Mitte.

Gerd Adloff

Robinson

Als er noch nicht mal ein Jahr wieder da war
hatte er schon genug.
Der Rummel um ihn war vorbei
und er hatte es einfach nicht geschafft
seine Story zu vermarkten
die waren hier alle viel zu clever für ihn.
Er kannte auch keinen mehr
war einfach zu lange weg gewesen.
Wenn er sich mal in eine Kneipe setzte
hielten ihn alle für nen alten, ausgeflippten Spriti
so wie er rumlief.
Anfangs hatte er sich noch auf die Zeitungen gestürzt
aber das verging ihm bald, bei all den Berichten
über die Kriege der zivilisierten Welt
und insgeheim tat er den Menschenfressern Abbitte
so gesehen waren das doch ganz faire und anständige Kerle.
Auch mit Frauen liefs bei Robinson nicht mehr
wie schon gesagt, er war einfach zu lange weg gewesen.
Was sollte er machen, einen netten Typen wie Freitag
würde er nicht mehr finden.
So stand er manchen Abend spät auf einer Verkehrsinsel
vor einem öffentlichen Klo, aber auch hier hatte er es schwer
er hatte zu wenig zu bieten, war zu alt
und so träumte er davon wieder zu stranden
aber fern von dieser beschissenen Stadt.

Thomas Luthardt

Ich lobe die Ehrlichkeit
Der Strichjungen:
Keine Liebe: Keine Lüge.
Geschäft ist Geschäft: Hier
Gehts um Schwanz und Arsch.
Die haben ihren Preis.
Orgasmen gibts sowenig
Wie anderes umsonst.
Lern die Lektion. Wo nicht: Geh,
Fick dich selber. Oder
Find, der dirs besorgt
Aus Liebe: Da bezahlst du
Teuer.

Detlev Meyer

Aus der Vogelwelt

Die schönen Kinder Kreuzbergs
sehen immer aus wie Spatzen
nach einem harten Winter

Kein Wunder

Ab 7 Uhr früh werden ihnen bei
Siemens die Flügel gestutzt
und nachts lassen sie Federn bei
den fetten Schwänen aus Dahlem

OLIVER FASNACHT

Liebe gibt es nur im Kino

Fritz ist einer von den Knaben,
die für fünfzig Mark zu haben.
Dafür tut er es im Stehen.

Kurze Quickies auf den Klappen
sind für Fritz bloß kleine Happen.
Einen Ständer kriegt er immer.

Doch nimmst du ihn mit aufs Zimmer
bei Musik und Kerzenschimmer,
wird ihm das zwar sehr gefallen,

seinen Arsch indes, den prallen,
knackigen und rundum schönen,
mußt du dann schon extra löhnen.

Fritz heißt er, nicht Valentino:
Liebe gibt es nur im Kino.

Renate Rasp

Sparschweine

... und alle Jungs
haben die Ärsche voll
und können nicht mehr hoch
bis auf den
der sich gerade
aufgerichtet hat und
seinen Arsch weit ausein-
anderreißt
für ein Gelächter
oder einen Regen
silberner Fünfmarkstücke.
Alle werden
bis auf die Haut naß
und da ist die Wolke auch
schon vorüber.

Karl Krolow

Die fremde Hand in der Tasche

Es gibt nun früher Lichter
überall im Dunkel.
Doch ist die Zeit zu kurz, um dich
zu sehen, jenes Weiß im Auge.
Liebe steht als Atem in der Luft
vor einem Mund, geöffnet im Erstaunen.
Deine Hand fühl ich in meiner Tasche.
Warm ist sie, sie wärmt
das zweite Leben.
Es spricht der Mund nun mit sich selber
langsam über Liebe. Spricht er
wirklich so von allem, was doch
ganz und gar unwirklich ist
an jenem Ort mit kleinem Licht
und mit viel Dunkel überall,
das kalt macht und dich hinterrücks
bewirft mit Nebel, Nüssen und Kastanien?
Unwirklich, ja, das letzte Licht
wird von den Spinnen zugenäht.

Detlef Opitz

neunundzwanzig anschlaege und
einverstanden mit allen tagen

gab es nichts zu trinken mehr
da spielten wir liebe im park
da schenkte er mir etwas geld
ich hab ihn nicht gut gekannt

die bar schließt vier uhr ab
da machen wir liebe unterwegs
da bekomme ich fuenfzehn mark
und hab ihn gar nicht geliebt

mein leben ist schoen derzeit
um sieben kaufe ich broetchen
um neun setze ich mich wo hin
und schreibe gedichte umsonst

wenn einmal irgendein anderer
im dunkeln kurz nur nach vier
im park oder wo nicht bezahlt
legt ich mich schlafen zuhaus

so finde ich das leben schoen
empfangen umarmung im dunkeln
empfangen fuenfzehn unterwegs
eingekauft frueh gegen sieben

spaß mit gedichten nach neun/e

Karol Kröpcke

Wenn du rot siehst –
was soll Revolution?
Du meinst das anders
im Bett oder wo gerade
etwas los ist mit dir und
deinem Zubehör und es
auf das vorhautlose Rot
des Steifen mit dem roten
Harnröhren-Ende ankommt
und du vorurteilslos
auf den richtigen Typ reagierst
und ihm deine rote Natur
auf der Stelle in den Arsch schiebst
mit seiner schönen Muskulatur
und er dein Fick-Tempo
in seinem Darm dirigiert,
wenn du den Jungen gekrümmt
vor dir hast und er dabei
noch deine Hoden bedient,
während die eigene Portion
ihm vorn in der Waagerechten steht,
vorhautlos, und ihr langsam
etwas Sperma da vorn austritt
und du ihm beim Arsch-Vögeln
die eine Faust in den Nacken
schlägst, die andere
in die Eier.

Felix Rexhausen

Die Lavendeltreppe

Höher, du, und höher wieder
über Wolken von Lavendel
führt die Treppe unsre Glieder.
Fernher tönt Musik von Händel.

Selig eng ist diese Stiege!
Wer auch vorgeht, rückwärts spürt er,
wie des andern Hand sich schmiege.
Wer ist Führer? Wer Verführter?

Horch nur, die Musik wird stärker:
Feuerwerksmusiktrompeten!
Recht! Wir sind zwei Feuerwerker,
knallvergnügt mit zwei Raketen!

Was dem Freund des Freundes Hose
liebmacht, bietet dem bei ihm sich.
Pracht der Treppensteigepose ...
Hosenlust macht ungestümlich!

Himmel schimmert durch die Luken,
Himmel aus Lavendelfarben –
höher höher laßt uns spuken,
schmücken uns mit Liebesnarben!

Bis wir unter Knallsternblinken,
von Trompetenklang umstellt,
in Lavendelwälder sinken:
irgendwo am Arsch der Welt.

STEFAN DÖRING

andersrum

die schwulen hunde
die in fernseharsch glotzen
und kurz vor sendeschluß
den kanzler ficken

entschuldigen sie bitte

die sofatunten
spitzendecke überm schwanz
wenn sie beim kaffee
von ersatzteilen reden

die investtransvestiten
die westen wenden
hintern anner wand
geschlecht gen osten

sados und masos
sie kommen zusammen
eh regierten gummiknüppel
aufruhr ins loch zu stecken

und ich warmer bruder
der soviel mitgefühl hat
mit all den ärschen
ich blicke dir in die augen
mein leser

Karlheinz Barwasser

Ganz leicht möglich

Dreckschweine Intriganten Mörder
Betrüger Lügner Muttersöhnchen
Hurenböcke Schaumschläger Lügenbarone
Pisser Zuhälter Säufer Penner Rocker
Spießer Asoziale Schleimer Räuber
Barbaren Junkies Wichser Attentäter
Arschficker Terroristen Literaten
& Politiker
alle in einen Sack stecken
& dann draufschlagen
aber nur ganz leicht
denn auch
ich
könnte darunter sein

IV

PASOLINI UND ANDERE

In einer Sommernacht
muß einer doch eine
Geliebte haben,
sagt Kleist in Thun.
Diesen Kleist
hat Robert Walser
im Wandern erfunden.

Karl Krolow

Elegie für Pasolini

I
Auch wenn sie dich jetzt auf ihre Fahnen malen
und mit diesem heiligen Eifer und Zorn
die Mörder jagen –
was nützt das deinem eingeschlagenen Schädel,
Paolo Pasolini?
Du warst für sie immer eine schwule Sau,
dekadent und pervers,
ein Träumer,
den Rechten zuviel Kommunist
und deiner Partei zuviel Mensch.

Du hast Genossen gesucht,
und sie haben dir dafür
dein Parteibuch zurückgegeben.
»Trotzdem bleibe ich jetzt und immer Kommunist«,
hast du geantwortet,
und kurz vor deinem Tod:
»Der Tod besteht nicht darin,
daß man sich nicht mehr mitteilen,
sondern daß man nicht mehr verstanden werden kann.«

II
Chor:
Denn wer den Zweifel liebt
hat schon verloren,
es kann nicht gut sein,
wenn man abweicht von der Norm.

Nur wer ein Glatzkopf ist
bleibt ungeschoren,
und nur wer mitmarschiert,
marschiert nach vorn!

III
Glaub mir, Paolo Pasolini,
sieben Jahre nach deinem Tod
hat sich nicht viel verändert.
Die Veilchen blühen im Frühling
nach dem gleichen Prinzip,
und all die schönen
begehrenswerten Knaben
schlagen nach wie vor
ihren Freiern
die Nasen ein.
Die Faschisten haben dieselben
Orgasmusprobleme
und warten mit geblähten Samensträngen
auf die Endlösung.
Vom ägyptischen Weihrauchhandel
bis zum konzertierten Börsenbetrug
ists ein Atemzug,
und die babylonischen Bankiers
haben ihre Geschäfte
in die oberen Etagen der Ölgesellschaften verlegt.
Wir bauen immer noch fleißig ihre Pyramiden,
nur, wo sollen die später mal graben?
Hiroshima ist nur ein Vorort von Jericho –
aber ganz wird der große Endknall
eines gewissen ästhetischen Reizes
nicht entbehren:
Eine malerische Wolke Gift
senkt sich auf die Menschheit
und bettet sie in den Tod.

Heloten und Spartacus,
ein paar Demonstranten mit Stehvermögen
und blutigen Köpfen,
die Mutigen sind nicht mehr geworden,
ach,
manchmal glaube ich,
es kommen immer wieder dieselben auf die Welt.

Und dazwischen
die traurigen Genies, die Wahnsinnigen,
die Irrationalisten, die Verstoßenen,
dieser viel zu zärtliche Ansturm gegen Profitgier
und die Prügelfaust der Wahrheiten,
kaum Veränderungen,
kaum Entwicklung,
manchmal ein Anflug von Liebe
unter den Eismeeren,
Berührungen vielleicht,
Worte und Zeichen –
mich jedenfalls kann die Weltgeschichte am Arsch lecken.

Vielleicht mein Freund Markus
und meine Geliebte Carline
und nebenan die Wiesenbrechts
und eines ihrer Kinder,
das gebrechlichste vermutlich,
die werden mutiger werden
und für sich eintreten,
aber ist das genug?

IV
Chor:
Denn wer den Zweifel liebt
hat schon veloren,
es kann nicht gut sein,

wenn man abweicht von der Norm.
Nur wer ein Glatzkopf ist
bleibt ungeschoren,
und nur wer mitmarschiert,
marschiert nach vorn!

V

Du überblickst jedenfalls
jetzt alles viel besser,
und ich glaube,
du kommst mit den Toten eher zurecht.
Totsein macht großmütig,
und richtig einig mit sich
wird man eben erst im nachhinein.
Hilf mir doch ein bißchen,
reiß mir einen Augenblick den Himmel auf.

Es kann so schön sein,
an Flüssen zu sitzen,
die Beine baumeln zu lassen,
und ich stelle mir Wälder vor
und kräftige Menschen,
die so tief Luft holen,
daß ihnen schwindlig wird,
und zwischenrein:
Polizeiknüppel und Aufmärsche,
Beine und Busen,
aufgewogen und als Geschenkpaket
verschnürt,
wo soll man noch Atem holen,
wo soll man noch lieben,
haben dir deine Mörder nie ins Gesicht gesehen,
warum ist ihnen die Hand nicht verdorrt,
ich wäre doch so zärtlich gewesen zu dir,
Paolo Pasolini.

Natürlich,
sie müssen ihre Welt ja immer mit Fahnen erobern,
aber ich will von keiner Fahne abbeißen,
es heißt,
daß dieses Tuch bitter schmecke.
Sie wollten schon lange deinen Kopf,
Jochanaan,
denn wer läßt sich schon gern das Bettuch wegziehn,
wenns draußen kälter wird?

Wachstum, Pasolini,
und die Wärme der Fernsehsessel!
Frigide Frauen und mörderische Schwänze!
Lustvolle Menschen kann man nicht besitzen,
nur was sie veräußern können,
auf was sie treten können,
das nennen sie Liebe.

»Laßt uns umkehren.
Es lebe die Armut.
Es lebe der kommunistische Kampf
für die lebensnotwendigen Dinge.«

VI

Chor:
Denn wer den Zweifel liebt
hat schon verloren,
es kann nicht gut sein,
wenn man abweicht von der Norm.
Nur wer ein Glatzkopf ist
bleibt ungeschoren,
und nur wer mitmarschiert,
marschiert nach vorn!

VII
Nein!
Nein!
Natürlich werde ich nicht aufgeben.
Will die Zeit noch nützen.
Wer weiß, wanns Schluß ist.

Es gibt Menschen,
denen läuft plötzlich das Gehirn aus.
Das dauert ein paar Monate.
Erst können sie sich nicht mehr konzentrieren,
dann vergessen sie, wo der Lichtschalter ist.
Und in ihren kurzen wachen Momenten
weinen sie hemmungslos.

Aber Gedanken können nicht einfach wegfließen.
Auch du hast die Erde getränkt,
und soviel Land
können nicht mal deine Mörder umpflügen,
um zu verhindern,
daß da was wächst.

Nicht für die Welt,
nicht für Gott,
nicht für das Paradies,
und nicht für die Menschheit,
vielleicht nur für eine Handvoll Träumer,
keine Illusionisten,
keine Fantasten,
sondern einfache Menschen,
die plötzlich jetzt und heute sagen,
sich auf die Straße stellen
und schlicht behaupten:

Mit mir nicht, meine Herren.

Uwe Lummitsch

Trauriger Augenblick

Lorca gewidmet

Da ist die Stadt: jubelnd, blutend.
Ein Verkehrsunfall oder Ärgeres: ein Mord
In verschwiegenem Winkel, die Geste
Geiler Straßenjungen, die sich erbarmen
Päderastischer Dichter und schwitzender
Touristen für ein Foto in Madrid
Und Granada und alle Orte der Welt.

Ulrich Berkes

Caravaggio

Er malte die heiligen mit schmutzigen füßen, denn sie sind über steine und sand gewandert. Seine modelle, dürre bettler, holte er von der straße und stellte sie vor die verstaubte staffelei. Diagonal fiel das gespiegelte licht ins atelier.

Vor dem vollendeten gemälde lispelten die lippen der geistlichen und blasphemie, wenn der ungläubige den finger in die speerwunde des gekreuzigten steckt, dreck unter den genau gemalten nägeln. Doch die kirche hat einen großen magen, der manches verdaut.

Die kardinäle verkünden keuschheit von den kanzeln, aber kauften die akte des jüngers Johannes und besahn sie mit bewundernden blicken. Auch wenn sie biblische beigaben haben, kreuzstab und schafbock, so sinds keine täufer, sondern auf rostroter decke des malers jugendliche freunde.

Ulrich Berkes

Leonardo und Francesco

Hübsch war er nicht
der Francesco Melzi
ein bißchen dicklich
jedenfalls im gesicht

er war Leonardos schüler
später sein freund
einundvierzig jahre jünger
stellt euch das mal vor

sie schliefen zusammen
der alte bärtige kahlkopf
und der rundliche junge
er muß ihn geliebt haben

er ging mit ihm nach Rom
später nach Frankreich
als Leonardo dort starb
war Francesco 26

er erbte alle zeichnungen
als maler ahmte er
geschickt seinen lehrer nach
und wäre längst vergessen

1981

ULRICH BERKES

Rendezvous mit Rimbaud

Langhaarig kommt er ins kahle café, wo ich schon warte, pafft die französische pfeife und trinkt gleich mein billiges bier. Doch die biertulpen blühen noch lange, unsre beliebtesten blumen.

Wir sprechen über poèmes en prose und Paris, ich nenn ihm die neuesten deutschen dichter, erzähl ihm ihr leben, er lacht. Dann zahl ich die ziemliche zeche und wir strolchen durch straßen und striche.

Im renommierten restaurant essen wir frischen schinken, rauchzart und rosa, und passend zur farbe des fleischs trinken wir trockenen rotwein. Welche genüsse! Welche gedichte!

Aber schon schließen die kneipen an diesem abenteuerlichen abend, sollen wir denn die nacht auf polizeipatrouillierten parkbänken kampieren? Da kenn ich eine karge kammer, die ist immer offen.

HERMANN BROCH

Zum Beispiel: Walt Whitman

Wo die Halme sprießen, in des Seins irdischer Mitte,
dort hebt die Dichtung an:
doch sie reicht bis zu des Lebens äußerster Grenze,
und siehe, die ist nicht draußen,
die ist in der Seele.
Innen die Grenze und außen die Mitte,
eines das andere gebärend, eines dem andern verwoben,
das allein ist Dichtung – –
Freilich, am Ende entdeckst du verwundert,
daß es einfach dein Leben,
das Leben des Menschen ist.

Thomas Luthardt

Hans Christian Andersen

Stille
Und stete Verwandlung
Unverhofft überfällt uns Verlornes
Unter gefaltetem Himmel
Flieht das Licht mit den Vögeln
Stürzt
Mit gebrochenen Schwingen
Schwer in die Zweige
Da fallen Früchte und
Die Nacht stirbt
Im blauen Geäst

Joachim Ringelnatz

An Hans Siemsen

Uns trennt wohl vieles,
Doch nicht viel,
Gewiß nicht das Ziel,
Ich meine die Vorstellung unseres Zieles.

Du bis zart und weich
Und ein Mann von hohem Geschmack.
Dieses Gedicht ist ein freundlicher Schnack.
Aber wir treffen uns wieder
Im Himmelreich.

Thomas Böhme

die verleugnung von winckelmann

melancholie sprachst du sei ein vertrauen
bildender zustand wie das nachdunkeln
von alabaster in überglasten sälen

aber es klang wie ein abschied
vom milchigen glas der museen
und den unveränderbar starren figuren

an die sich vergebens die schatten
zu schmiegen versuchten da zog schon
die dämmerung ein in die stilvolle halle

wir nickten den steinernen einen gruß
beim verlassen und rieben uns wund
am gedanken den olymp niemals mehr zu betreten

KURT BARTSCH

Ludwig II.

Bayerns König, dem Herrn Ludwig,
War nichts Böses zuzutraun.
Erstens war er nicht sehr mutig,
Zweitens hielt er nichts von Fraun.

Er war überwiegend traurig
Und ließ viele Schlösser baun,
Teils sehr schön und teils sehr schaurig,
Wie aus Marzipan gehaun.

Richard Wagner sagte später:
Er war König und Mäzen,
Lohengrin war er und Leda.
Letztlich war er schizophren.

Sein Psychiater, Herr von Gudden,
Hielt nichts von der Psychiatrie,
Tauchte mit ihm in die Fluten
Eines Sees: So starben sie.

Detlev Meyer

Ludwig II. träumt

Cosima im Königssee ertränken,
und selber Leda sein
Richard, dem Schwan.

Mit einem Burschen aus Garmisch
die Kleider tauschen –
den Hermelin für eine Lederhose.

Schöne Zähne haben –
und nicht mehr bauen müssen.

Jürgen Theobaldy

Die Erdbeeren in Venedig

Als es den jungen kaum bekannten Romancier
zum erstenmal nach Venedig verschlagen hatte
folgte er einem dieser italienischen Gassenjungen
in eine dieser feuchten Gassen Venedigs
und ließ sich für 3 000 Lire unter dem Torbogen
aus der Renaissance einen abkauen

Liebe macht hungrig und der junge Romancier
verschlang noch auf dem Rückweg ins Hotel
die restlichen Erdbeeren die er unterwegs
für seinen Liebhaber gekauft hatte

Unruhig wegen der ungewaschenen Erdbeeren
schob er in seinem Zimmer eine Scheibe
von Gustav Mahler ins Grammophon
und zog sich auf die Ottomane zurück
Das flaue Gefühl in seinem Magen blieb auch
nachdem er drei Fernet Branca gekippt hatte

Also setzte er sich auf und schrieb
anderthalb Seiten finsterer Prosa
deren Radikalität Schmutz und überreizte
Gefühlsspannung binnen kurzem
die Bewunderung vieler erregen sollte

Thomas Böhme

adieu, aschenbach

anfallweise viel glas
venezianische kandisgardinen
die sonne steigt hinter splitterfasern
hinab in etappen

einer handbreit schlaf
wie man sie sich über dächern denkt
unterwirfst du dich willig
die luft riecht nach bleyle-anzügen
von gekränktem ersatzblut durchwoben

auch musik findet statt
die dann aussetzt wie tropischer regen
du kannst dich drehn wie du willst
der junge ist immer im bilde

Detlev Meyer

Cocteaus letzter Einkaufszettel

Vogelfutter für Edith
2 Baguettes
Farblosen Nagellack
1 Toupet für Marais
½ Pfund Käse 2 Gramm Opium
1 Harley-Davidson und
1 Spiegeltür für Orphée
Seidene Wäsche oder
1 Fußball für den Sohn
der Concierge
4 Kubikmeter Marmor
1 Griechischer Gott

(Aber in ganz Paris
war damals kein Gott
aufzutreiben
und da hat er sich lieber
zum Sterben verabredet
mit der Piaf)

ERICH FRIED

Päderastie als Waffe

Den Knaben die er im Kino getroffen hatte
gestand André Gide
im Bett oder am Morgen
nach einer durchliebten Nacht:

Du kannst deinen Freunden sagen
du hast mit einem berühmten Mann geschlafen
mit einem Schriftsteller
Mein Name ist François Mauriac

Ulrich Berkes

Gruß an Ginsberg

Im selbstbedienungsladen sah ich heute ein schmales poesiealbum neben anderen journalen im regal liegen, es war das letzte exemplar, und ich steckte es schnell in meinen drahtkorb

So wanderte ich mit ihm durch die grell beleuchtete kaufhalle, an kühltruhen mit tiefgefrorenem geflügel vorbei, den ständen voll spraydosen, makrelenfilets, büchsen mit süßen maiskörnern, wodka und teurem whisky mitten in sachsen.

In New York geht die uhr sechs stunden nach, dort könnte jetzt Allen erwacht sein, vielleicht allein, vielleicht mit Peter Orlovsky, seinem *lover,* wer weiß.

Ich war nicht in Amerika, hab Ginsberg nie gesehen, nur fotos in büchern, auf einem ist er nackt und hält die hand vor seinen schwanz.

An der kaufhallenkasse stell ich mich in der schlange an, bezahle neunzig pfennig das poesieheft, dann setz ich mich im Schillerpark auf eine bank und fange an, seine langen rhapsodischen ergüsse zu lesen.

1978

Rainer Werner Fassbinder

Nietzsche

Eine Sprache aus Trauer
aus Licht eine Mauer
Gedanken aus Stein
und ein Sein ohne Sein

Lebendige Leichen
voll Kraft und Gewalt
von Gott keine Zeichen
so schön von Gestalt

Eine Sehnsucht aus Tränen
und Perlen von Zähnen
Gesichter aus Stein
und ein Sein ohne Sein

Wird Schönheit versteigert
nach Maßen gemessen
wird Freiheit verweigert
ganz einfach vergessen

Eine Schale aus Schmerzen
vom Schmerz brechen Herzen
Muskeln aus Stein
und ein Sein ohne Sein

Container an Ketten
und die Haut die dich quält
kein Gott dich zu retten
vor dem Feuer das fehlt

Eine Sonne aus Eisen
mit Qual lächelnd reisen
Götter aus Stein
und ein Sein ohne Sein

Heinz Czechowski

De Sade

Während irgendwo in der Rue de Tournon
Der kleine Dr. Guillotin
Schon an seiner freundlichen Maschine bastelt,
Beschreibe ich Bogen um Bogen
Und klebe sie aneinander:
Zwölf Komma ein Meter nach dem neuen Maß,
Eine endlose Ejakulation,
Die sich über die Place de la Bastille ergießt,
Um die Rue St. Antoine hinunterzufließen,
Ein Strom meiner Freiheit,
Der dieses Zeitalter überschwemmt
Mit Rosen im Bett
Und Blut in den Schuhen,
Mit Flüchen und Schreien,
Dem endlosen Stöhnen,
Den Rededuellen,
Den brechenden Augen,
Dem Juligewitter,
Dem Regen, in dem die Kommunarden ersaufen,
Der Maas und der Marne,
Bis Hitler den Fahrstuhl besteigt,
Der ihn auf den Eiffelturm trägt,
Und an der Place Blanche die Sexshops erblühn,
Und sich die Verleger die Hände reiben,
Während ich immer und ewig verfaule.

Ulrich Berkes

Katte oder Liebe in Preußen

Gestern zeigte uns Gino seinen film
über Friedrich den zweiten, super 8
der diener ist fast nackt, trägt einen
roten Schirm, vom tonband hörte ich

den namen Katte, im buch sein porträt
naives jungengesicht, treue augen
er liebte den Kronprinz (der nannte
ihn »mein Jonathan!«) und floh mit ihm

der soldatenkönig ließ beide einfangen
in die festung Küstrin bringen (heißt
heute Kostrzyn), »im 2. Weltkrieg zu
95% zerstört« steht im lexikon, im

festungshof wurde leutnant Katte am
6. november 1730 enthauptet, das
heißt, der kopf wurde ihm abgehackt, er war
26, Friedrich erst 18 Jahre alt, der

mußte vom fenster aus zusehn (soll
aber vorher ohnmächtig geworden sein)
zur abschreckung, damit er nicht
schwul wird, sondern ein richtiger

mann, ein staatsmann, ein herrscher.
Ach, der unglückliche Hans, wie
leichtsinnig von ihm, man darf doch
in Preußen keinen prinzen lieben, viel

zu gefährlich, es kann das leben
kosten (oder später bis zu zehn jahren
zuchthaus). Zehn jahre danach war der
prinz könig, spielte weiter die flöte

führte raubkriege und Preußen zur
großmacht. Unter den Linden reitet er
erzen, und Hans von Katte, der nicht
in Meyers Neuem Lexikon steht, liegt

begraben in Wust (bei Tangermünde)
dem familiensitz, dort wurde sein
glattes blondes haar, von einem
schwarzen band gehalten, aufbewahrt

zweihundert jahre lang, bis es ein
engländer mitnahm, aber die knochen
sind noch vorhanden, ich sah sie auf
einem foto in der Berliner Zeitung.

Thomas Böhme

Pasolini

I

Ich will, daß ihr ein für allemal aufhört, mich zu betrauern! Es stimmt schon, zuletzt hatte ich ein messer im bauch stecken, aber als die räder des cabriolets über mein gesicht rollten, tat mir nichts mehr weh. Und der kleine, mein mörder, hatte kaum mut nur verzweiflung in seiner kindlichen miene, versteht das! Denn mit den jungs von der straße hatte ich weniger ärger als mit den genossen, die mich posthum wieder ehren.

Und wenn die prostituierten in den vorstädten am adriastrand ihre kinder mit marihuana zur heiligen messe schicken, wenn fliegen im meßwein & wanzen im beichtstuhl wenn das totenglöckchen bimmelt, und die schwitzenden dächer in virulenter luft flimmern, vergeßt nicht, genossen, übers lamento den traum von der sache, hängt mir keinen rosenkranz an die kamera, nicht ans grab.

II

Pier paolo pasolini: erstochen vom bäckerburschen pelosi, verstümmelt gefunden am 2. november 1975, die »umstände« ungeklärt, rechte & linke den schwarzen peter in wechselnden händen. Später spielen die jungen hier fußball, beackernd das feld seines blutigsten drehtags.

III

Ins kino gehen am tage von sodom.
Kein verbot schuf die folter ab, nur den zeugen der
folter.

V
ERLKÖNIGS ERBEN

»Ich liebe dich, mich reizt deine schöne Gestalt;
Und bist du nicht willig, so brauch ich Gewalt.«
Mein Vater, mein Vater, jetzt faßt er mich an!
Erlkönig hat mir ein Leids getan! –

Johann Wolfgang von Goethe

Gieb die Hand mir . . .

Gieb die Hand mir, laß sie liegen
in der meinen, wie ein Pfand,
Stirn und Wange laß mich schmiegen
an die kleine, braune Hand,

Die, von kindischem Spiel noch glühend,
kaum die nächste Stunde denkt,
Und, vor Lust und Leben sprühend,
schon ein Menschenschicksal lenkt.

Rolf Bongs

Abendgedicht

Dein Körper ist ein brauner Duft in meinem Zimmer,
den ich nicht fassen kann und doch ganz fühle.
Dein Auge lacht und auch die frechen Haare,
und deine schlanken festen Knabenhände
greifen hinüber im Traum zu mir.
Wie groß bist du und über alle Flüsse
schlägt mir dein Herz den ewigen Klang.

Albert H. Rausch

Kopf des Doryphoros

O du! so süß nicht wie Antinous,
An Lust und Wehmut so nicht hingegeben,
Vielleicht noch ohne Wissen um den Kuß
Des glühend hingerissenen Epheben:

Wenn jemals ich den Mund gepreßt auf Stein:
Dich küß ich wach! Du mußt mir leben!
Du mußt die Antwort auf die Pein,
Die hoffnungslose, meines Herzens geben.

John Henry Mackay

Der Tertianer

Ich habe so großen Respekt vor Dir:
Du zählst erst dreizehn Jahre,
Und es deckt die Mütze der Tertia schon
Deine braunen Knabenhaare.

Du weißt soviel, was ich nicht weiß,
Was zwar ich gelernt, doch – vergessen.
Ich kann in Latein und Mathematik
Mit Dir mich schon gar nicht messen.

Du konjugierst und Du deklinierst,
Und die Zahlen der Weltgeschichte –
Mir ist, wenn Du sie herunterschnurrst,
Du sitzest ob mir zu Gerichte!

Ich habe das Alles ja auch einst gewußt –
Und schlug es mir hinter die Ohren.
Im Kampf mit Leben und Leiden ging
Mir der ganze Plunder verloren.

Ich lernte: zu denken, zu hören, zu sehn,
Und ich darf, was ich weiß, Dir nicht sagen.
Doch es sind, auf die ich fein schweige still,
Nicht die dümmsten oft Deiner Fragen ...

Ich weiß: Du hältst mich für furchtbar dumm.
Und ich bin es doch nicht. Das ist schmerzlich.
Denn ich habe so großen Respekt vor Dir,
Und – liebe Dich doch so herzlich!

Thomas Böhme

die cola-trinker

für ulrich berkes und martin strecker

im rispenschleier der gräser
die cola-trinker, die flaschenhälse
in ihren runden mündern: caramel
braun das schäumende naß.

am steilhang ihre zusammengeschlossenen
sporträder stahlblau/metallic mit vier=
vier ovalen spiegeln und chromfelgen
blitzspeichen hitzeprall gelben reifen.

einer, nun stehend die lebensgroße figur
aus bernstein, saugt letzte tropfen
der kehlkopf hüpft, ich zähle sechs
rippenpaarschatten auf seiner haut.

der andre, honigblond sonnengerötet, stopft
die geleerte flasche ins styxschwarz
der badehose: tanzt eine kurzgeile nummer
dann wirft er den gläsernen fallust ins gras,

boxt den freund untern nabel und preßt
die befeuchteten lippen auf dessen cola
mund reißt ihn zu boden und balgend
rollen sie hangab zum see.

ich beiß in den sauren apfel
und sauge aus der vom wind gezausten
platen-ausgabe *weiche, melodische Zauber*
formeln und spreche sie halblaut.

die jungen im wasser schwimmen mit heftigen
stößen zur mitte ich warte auf ihre rückkehr
mit ungeduld hoffend sie blieben sich nahe
und wenn es möglich wäre, Jahr um Jahre.

Hans Siemsen

Das Tigerschiff

Unter Palmen am Nil
Unter Weiden am Schiffbauerdamm
Wo du segelst
Süße Jungens baden im Fluß.

Trägt das gleiche, weiche Wasser,
Das um ihre Hüften schaukelt
Zwischen ihren bunten Beinen gaukelt,
Kleine Niggerdschunke, Tigerschiff,
Dich um Kai und Klippe Riff und Riff
In den Ocean den unsagbaren
Heiterer und festlicher Gefahren
Dessen grenzenlosen Trauerabend
Jeder kennt –
Und keiner ganz begriff?

An den Knaben Elis

Elis, wenn die Amsel im schwarzen Wald ruft,
Dieses ist dein Untergang.
Deine Lippen trinken die Kühle des blauen Felsenquells.

Laß, wenn deine Stirne leise blutet,
Uralte Legenden
Und dunkle Deutung des Vogelflugs.

Du aber gehst mit weichen Schritten in die Nacht,
Die voll purpurner Trauben hängt
Und du regst die Arme schöner im Blau.

Ein Dornenbusch tönt,
Wo deine mondenen Augen sind.
O, wie lange bist, Elis, du verstorben.

Dein Leib ist eine Hyazinthe,
In die ein Mönch die wächsernen Finger taucht.
Eine schwarze Höhle ist unser Schweigen,

Daraus bisweilen ein sanftes Tier tritt
Und langsam die schweren Lider senkt.
Auf deine Schläfen tropft schwarzer Tau,

Das letzte Gold verfallener Sterne.

Johannes R. Becher

Auf einen Jüngling, genannt Elly

Du windest Dich in Ungeheuer-Nächten.
Von überstirntem Firmament beschneit.
Bestrahlter Junge. Deine Straßen flechten
Sich buntgeschminkt zu Paradiesen breit.

Zu Paradiesen, überglort von Äther,
Belichtet rings von jener Bank und Strich.
In seine Arme aber preßt dich Jeder.
Schmelz auf, erheb, erweis Dich brüderlich.

Dann blühten auch die stinkichten Aborte.
Aus Zungen: Fahnen. Deine Hüfte singt.
Wie strömt Dein Atem Halleluja-Worte.
Der Schenkel dröhnt. Haar streift azurbewinkt.

O Wang-Gefilde: Sonnen-Promenaden.
O Lippen-Küsten: schwankend und karmin.
In Ozean-Haut ein Wrack der Glieder baden ...
Der Augen Schwärme Dein Geschlecht beziehen.

Ja Gruft der Betten. Unsere Körper landen
Dort bei den Ländern sommerschwülen dicht.
Hah! Schäume Bluts zu Klippen-Knieen brandend.
Zerrissenes braust Dein falberes Angesicht.

In Venedig

Stille in nächtigem Zimmer.
Silbern flackert der Leuchter
Vor dem singenden Odem
Des Einsamen;
Zaubrisches Rosengewölk.

Schwärzlicher Fliegenschwarm
Verdunkelt den steinernen Raum
Und es starrt von der Qual
Des goldenen Tags das Haupt
Des Heimatlosen.

Reglos nachtet das Meer.
Stern und schwärzliche Fahrt
Entschwand am Kanal.
Kind, dein kränkliches Lächeln
Folgte mir leise im Schlaf.

OLIVER FASNACHT

Ein Traum von Glück

Das Kind im Manne träumt vom Mann im Kind
doch wenn sie endlich dann zusammen sind
sind sie sich fremd der Mann nie wirklich Kind
das Kind indes wird über Nacht zum Mann
mit dem das Kind im Mann nicht länger spielen kann
ein Traum von Glück verweht wie Staub im Wind.

Thomas Böhme

u-bahn: tierpark – alex

I

einer unter all diesen mit den kleinen geräten
von sharp oder sanyo und kopfhörern überm rasierten
oder gelockten schopfe – wir hören ja nur das
mikrobische piepsen zwischen einsteigen bitte und
   zurückbleiben
und dem rappen der türen – einer ist unter ihnen
der lauscht gerade dem kyrie einer messe von mozart,
einer, den wir nicht erraten und der auch nicht
                    darauf wartet.
   ist es der
mit dem türkischen halbmond im ohr oder der
mit dem davidsstern als krawattennadel oder
dieser mit tatauiertem pentagramm auf der hand
oder jener mit hammer & sichel am schwarzen revers?
                    ist es der
schmächtige mit den army-stiefeln oder der
schlaksige mit weißen jogging-tretern, der mit
zinnober im haar und rosa zinken am schal, der
den sie yeti rufen, oder der golem mit doppel
   kinn, stoppelbart, wehrmachtskoppel?

2

es ist eine zeit der zeichen,
  sagt aron,
ohne bedeutung. du wirst lange
  suchen müssen
im verholzten gewirr der symbole,
  die keine mehr sind.
und mozart, falls er erwartet,
  daß du ihn ansprichst
wird dich fragen, ob du ihm geld borgst
  dona nobis pacem!

Jenseits des Tales

Jenseits des Tales standen ihre Zelte,
zum roten Abendhimmel quoll der Rauch,
das war ein Singen in dem ganzen Heere,
und ihre Reiterbuben sangen auch.

Sie putzten klingend am Geschirr der Pferde,
her tänzelte die Marketenderin,
und unterm Singen sprach der Knaben einer:
»Mädchen, du weißt's, wo ging der König hin?«

Diesseits des Tales stand der junge König
und griff die feuchte Erde aus dem Grund,
sie kühlte nicht die Glut der heißen Stirne,
sie machte nicht sein krankes Herz gesund.

Ihn heilten nur zwei knabenfrische Wangen,
und nur ein Mund, den er sich selbst verbot.
Noch fester schloß der König seine Lippen
und sah hinüber in das Abendrot.

Jenseits des Tales standen ihre Zelte,
zum roten Abendhimmel quoll der Rauch
und war ein Singen in dem ganzen Heere
und jener Reiterbube lachte auch.

H. C. Artmann

batman und robin

batman und robin
die liegen im bett,
batman ist garstig
und robin ist nett.

batman tatüü
und robin tataa,
raus aus den federn,
der morgen ist da!

VI

EINE LIEBE WIE ANDERE AUCH

Es ist Unglück
sagt die Berechnung
Es ist nichts als Schmerz
sagt die Angst
Es ist aussichtslos
sagt die Einsicht
Es ist was es ist
sagt die Liebe

Erich Fried

David und Jonathan

In der Bibel stehn wir geschrieben
Buntumschlungen.

Aber unsere Knabenspiele
Leben weiter im Stern.

Ich bin David,
Du mein Spielgefährte.

O, wir färbten
Unsere weißen Widderherzen rot!

Wie die Knospen an den Liebespalmen
Unter Feiertagshimmel.

Deine Abschiedsaugen aber –
Immer nimmst du still im Kusse Abschied.

Und was soll dein Herz
Noch ohne meines –

Deine Süßnacht
Ohne meine Lieder.

Karlheinz Barwasser

Lebenshilfe

komm
an meine brust
wein dich aus

wenn du
fertig bist

tauschen wir
die Plätze

John Henry Mackay

Hand in Hand

Die andern lachten
Und gingen vorbei.
Wir aber dachten,
Wie schön es sei:

So still zu gehen
Durch's freie Land
Im Abendwehen
Und Hand in Hand.

WOLFGANG CORDAN

Glück der Tage

Im morgen stehn, im ersten vogellied,
Das bunte tuch um deinen nacken knüpfen
Den schlangen lauschen die im lorbeer schlüpfen
Gelassen harren wie der nebel zieht.

Zum berge steigen zwischen dorn und farn
Und auf den blauen, auf den Lago blicken:
Der föhn fällt ein, die weißen segel nicken
Am goldnen ginster reißt das spinnengarn.

Auf heißen steinen ruhn am wilden fluß
Und dann und dann in kühle wasser tauchen
Bis purpurn rings die abendgipfel rauchen –
Und wie ein blitz der erste tiefe kuß.

Detlev Meyer

Mahlzeit

Knackige Frankfurter &
Saftige Hamburger

Süße Berliner &
Knusprige Schusterjungen

Haut rein, Freunde!

Die Fleischer sind
auf unserer Seite
und die Bäcker

Ulrich Berkes

Augenblicke

Ich sehe dich an
du bist in deinem körper

er streckt sich
auf dem hellblauen laken

oder du stehst
nackt an der badewanne

und putzt deine zähne
weiter passiert nichts

das sind solche momente
wo ich dich sehr mag

und du weißt nichts davon
deshalb schreib ich das auf

Jürgen Albrecht

nestbau

In meinem Nabel
ein Nest aus feinen Haaren,
festem Speichel wie von
Schwalben im Tiefflug ein
Flügelschlag von deiner Zunge.

Ulrich Berkes

Beischlaf

Wie gut es ist, dich im arm zu halten
und dann einzuschlafen, eng an dir,
oder dir die schulter zuzudrehn und so
zu ruhn, rücken an rücken gedrückt.

Wenn ich nachts aufwache, weil du
leise stöhnst in einem schlechten traum,
streichle ich leicht über dein gesicht,
du spürst, daß ich bei dir bin und

schläfst weiter. Manchmal berühren wir
uns mit den köpfen oder den händen,
ohne begierde, jeder unter seiner decke,
jeder in seinem schlaf, beieinander.

Oliver Fasnacht

Im Schlaf

Gestern hab ich dich im Schlaf gesehn,
eingepackt, nur dein Gesicht war nackt.
Deinen Körper konntest du verstecken
unter kühlen leichten Sommerdecken,

dein Gesicht jedoch, das oft so harte,
zeigte, traumverloren, weiche zarte
Züge eines Kindes, das noch glaubt,
was Erfahrung später uns geraubt.

Alle Skepsis war von dir gewichen,
alle Wut war plötzlich durchgestrichen,
selbst die Angst, daß sich zwei Männer lieben,
hat der Schlaf dir gnädig ausgetrieben.

Gestern, als ich dich im Schlaf gesehn,
dachte ich zunächst, das sei obszön,
doch in Wahrheit warst du nie so schön.

Jean Cocteau

Die Strafe

Wenn du alleine schläfst, sehe ich
Deine Träume fortlaufen wie Diebe.
Wenn du lügst, bist du so häßlich!
Schön macht dich der Schlaf und die Liebe;
So jung finde ich dein Gesicht,
Wenn die Wahrheit von dem Schlafe
Auf ihm erscheint in schwarzem Licht.
Dich schauen ist meine ewige Strafe.

Jürgen Albrecht

verabredung

Verabredet.
Im Café am See.
Ende Oktober.
Nachmittags um drei.

Um fünf
laufen die Ameisen
auf dem zugefrorenen Capuccino
Schlittschuh.

Cyrus Atabay

Laß die Dämmerung kommen

Du kamst nicht
zu der verabredeten Zeit,
statt deiner kam die Dämmerung,
der Abend zog glanzaufwirbelnd
über die Stadt,
die ersten Sterne berührend.
In fremden Städten und auf fremden Plätzen,
komm nicht zu der verabredeten Zeit,
laß nur
die Dämmerung kommen.

Ernst Meister

Delphin

Ein delphinischer Sprung
in die Meereshimmel
deiner Augen,
und die Reise begann
unter den Böen der Freude
auf barfüßigem Deck
eines blitzenden Schiffs.

He, Kapitän mit
schwarzem Kopf wie von Pest und
gelb betreßt, zu
welchen Inseln
auf schwindelerregendem Meer
geht die Fahrt? –

Du gingest vorüber.
Mein Herz
zuckte auf dem Bürgersteig,
ein verendender Fisch.

Ulrich Berkes

der junge mit dem goldkettchen

um den hals, 15 oder 16 jahre,
lag in unsrer nähe, schwimmbad Erlau
am mittwoch, 13. juli,
ich beobachtete ihn,
wie er seine beine aneinander bewegte,
er strich mit der hand über seine
brust
bis zum bauch,
goldbraune glatte haut,
so gut gewachsen,
aber allein auf seiner decke,
wahrscheinlich war er auch fremd hier,
verbrachte die ferien auf diesem dorf,
manchmal sah er her,
wirre haare, dunkelblond,
so jung,
süchtig nach zärtlichkeiten,
sein schwanz zuckte unter der roten
silastikbadehose
zweimal ging er schwimmen,
um 11 uhr 15 zog er sich an,
weißes t-shirt,
jeans & hohe weiße schuhe,
vor dem ausgang
blickte er nochmal zurück.

17. 7. 83

KURT HILLER

Kontrapunkt

Du bist die Tiefe und das kalte Fließen
Der blauen Flut drunten am engen Fels,
Du bist das sperbersichre Bogenschießen,
Ruhiger Trotz und goldne Treue Tells.

Du bist das klare Auge, das gebietet,
Die harte schlanke schulterscharfe Kraft,
Und mit des Schweigens Stahl ist dir genietet
Die Tat an die gelassne Leidenschaft.

Ich bin der Weiche, Heiße, Redegeile,
Bin Süden-Dickicht, voll von Brunstgetier,
Durch meine Stämme schwirren giftige Pfeile,
Aus meinen Kratern zuckt und zischt die Gier.

Zu mir verdammt, bereit ich mir Verdruß;
Ich hasse mich, weil ich dich lieben muß.
Du bist die Tat und bist der kühle Fjord,
Ich bin der schwüle Dschungel und das Wort.

Udo Lindenberg

Na und?!

Ich saß im Café, ich wollt'n Text schreiben
doch mir fiel überhaupt nichts ein
und plötzlich kamst Du
und sagst: Zu zweit geht es besser
Du würdest mir behilflich sein
es machte »klick«, und wir verstanden uns prima
und später zogen wir durch die Gegend
es war ein wildes und tolles Klima
wir mochten uns sehr – immer mehr
und dann sagtest Du:
Ey, irgendwie lieb' ich Dich sehr!
Plötzlich denk ich: Moment mal
und da wurd mir erst wieder klar
daß Du ein Junge warst!

Und jetzt war erst wieder mal alles ganz anders
ich war sehr irritiert
weil sowas mir als altem Mädchen-Aufreißer
äußerst selten passiert
ich stand da wie ein Spießer
der sich Sorgen um seine Keuschheit macht
und Du sagtest:
Es geht doch hier nicht um 'ne schnelle
sexuelle Nacht
wir wurden Freunde – immer mehr
und Du erzähltest, daß es manchmal so schwer wär'
daß sich viele Schwule immer noch verstecken
auf dem Männer-Pissoir

und der Pöbel sagt: Weg damit!
Wie das damals schon bei den Nazis war.

Wir mochten uns sehr – immer mehr
und ich sagte: Ey, irgendwie lieb' ich Dich sehr
plötzlich denk' ich: Moment mal
und da wurd mir erst wieder klar
daß du ein Junge warst! ... Na und ?!

Das dritte Gedicht für K.

Ach Kerl,
Ich krieg dich nicht
Aus meinem Kopf:
Ich will dich wiedersehn. Und wieder spüren.
Und alle Worte wieder sagen
Dieser Nacht, und neue finden,
Und noch lange nicht
Verstehen: Warum ich

Andreas Reimann

Du wirst es wieder sagen

Das bier steht im kühlschrank, die dunklen, erstaunlichen steaks,
sie schwitzen im salze, das öl in der pfanne wird laut.
Du brauchst nicht zu weinen: ich habe die zwiebeln enthäutet,
schon ehe du kamst, denn ich lieb in gewißheit. So wolln
auch künftig wirs halten, und wolln nach dem essen sogleich
noch baden die teller: bleibt stehn mir der abwasch, so steht
alsbald bis zum halse im spülicht die liebe wohl auch.

Könnt sein, du willst nachrichten hören, behauptbare wahrheit.
Ich werd bei der fröhlichen zeitung dir nah sein, ich werd
bei tödlicher meldung, die täglich aus wirklichem schlägt,
dich fester umarmen, dann spürst du: wir leben ja noch.

Sag, brauchst du noch etwas? Und sage mir auch, was dich stört.
Nun ja, das rasierzeug ließ liegen, der vor-kam. Indess:
wer leblang die einzahl nur kannte, hat keinen gewählt.
Sein maßstab ist einfalt, was sollte ichs leugnen, doch hat
noch keiner belegen dies laken. Das handtuch ist frisch.

Der rumfarbne tabak riecht süß nach vanille und zimt.
Entzünde die kerzen im gläsernen leuchter und sieh
dich um im gehäuse: so lernst du mich kennen. Und richte
bequemer dich ein nun, mein freund, und auf weiteres auch:
denn da ich dich liebe, mach ichs dir bestimmt nicht bequem.

Trink achtsam den kognak und habe noch etwas geduld.
Doch wolln wir heut nacht nicht auf sahnigen daunen, wir wolln
in brennesseln liegen: das wäre das letzte wohl nicht,
weshalb du gekommen. Ich kann dich nicht halten. Doch bleib.
Haben wir mehr als ein einziges leben zu zweit,
wie sichs auch stelln mag, doch sowieso nicht mehr zeit.

Peter Hofmann

Bi. My Lover

bi metall
bi zeps
bi jou
bi gamie
bi polar
bi bergeil
bi zarr
bi sexual
bi ovital
bi mann
bi frau
bi bel
bi gott
o gott! let it
bi

Jürgen Albrecht

verwirrung

schau mich um
mal etwas anderes zu
sehen alle schöner aus als
du hast mich doch
grad erst geküßt

Detlev Meyer

Trocadéro

An der Bar ein Junge
der aussieht als hätte ihn
Botticelli erdacht nach
Zeichenstudien in SO 36

Er hat Arbeiterhände
wie aus einem Defa-Film
und das Profil
der Präraffaeliten

Außen fast Florenz
aber innen nur Kreuzberg
denkt neidisch sein Nachbar
der außen sehr Hannover
aber innen ganz Hellas ist

Peter Hofmann

Zarahmarleen

er malt im dunkeln die augen
dunkel im spiegel sieht sie ihn schön
um wahr zu sein von kopf bis fuß
steht ihm ihr kleid, wenn er tanzt
zu ihr hin wird ein wunder bar

sie steht im regen die stimme
und haben beide denselben stern
die seelen sind eins und nun mal seine natur
so schnell vergehn kann keine
von kopf bis fuß

er sieht wie motten das licht
umschwirrn bis morgen mon ami warum
kein verhältnis haben dann werden
tausend märchen weit wie wahr
und sonst: gar nichts

Jürgen Albrecht

abenteuer

kleine taschenlampe brennt
auf dem weg
vom bett zum fenster
stoß dich nicht
ohne licht
auf dem weg
vom bett zum fenster

schwerer gang
jedes mal
mittendrin ein stuhl
stoß dich nicht
brenne licht
auf dem weg
vom bett zum fenster

bald geschafft
fenster klappt
frische luft
durch die gruft
auf dem weg
zum bett vom fenster

komm zurück
bitte dich
leuchte licht
auf dem weg
zum bett vom fenster

bist schon da
alles klar
kein padauz
viel applaus
auf dem weg
zum bett vom fenster

komm schlüpf her
bitte sehr
ging doch gut
so viel mut
auf dem weg
zum bett vom fenster

schmieg dich an
großer mann
dünnes hemd
bist ein held
auf dem weg
vom bett zum fenster
kleine taschenlampe brennt

Armin T. Wegner

Die Beiden

I

Die beiden Knaben sind allein im Raume,
Und so schmerzt Jugend ihre achtzehn Jahre,
Daß sie sich zitternd anschaun wie im Traume,
Erschrocken von dem Glanz in ihrem Haare.

Sehr mädchenhaft erscheint der eine, rauh
Der andre. Doch, ein Spitzenwerk, umsäumt
Von Licht, hebt ihm der Zarte leis die Hand
Aufs Haupt. In seinen Augen öffnet grau
Der letzte Grund sich, und von Süße übermannt

Küßt er des Knaben Mund. Der andre träumt
Vom blassen Spiele einer Tänzerin.
Er sah sie gestern noch. Allein
Es dünkt ihm köstlich, so geliebt zu sein.

Als hätte nie bei Nacht ein Mädchenleib
Ihn so durchschaudert wie dies Kinn
An seiner Wange jetzt ... und fast ein Weib
Gibt er sich ganz dem fremden Knaben hin.

II

Nur eine Kerze brennt im tiefen Saal.
Die hohen Fenster haben sie verhängt,
Und von sich reißen sie der Kleider Qual,
Als hätte eine Flamme sie versengt.

Sie sitzen nieder auf des Bettes Rand,
Und zwischen ihren Hüften schlank umfaßt
Ein Langersehntes ihre zage Hand
Wie einen jungen starken Birkenast,
Wenn warm der Saft sich in die Knospe drängt.

Im Spiegel schauen sie sich eng verschränkt
Und fühlen wieder die geheime Qual,
Die aus dem Herzen in die Glieder rinnt,
Als schauten sie sich heut zum ersten Mal,
Verwundert, daß sie sich so ähnlich sind . . .

Da löschen sie das Licht. Um beide
Schließt Dunkel zart und flüsternd sich wie Seide.

KARSTEN WITTE

Sparrows / Spatzen

Im Castro-Kino rettet
unter kupfernem Himmel
und ägyptischem Dekor
Mary Pickford tapfer
geraubte Waisen
ein Kubaner hält
sein Knie an meins

Die Kinder planschen
der erste Knopf springt
ein Schuft zählt Geld
seine Hand liegt
auf meinem Gürtel
die Waisen prügeln
sich um Kartoffeln

Seine Hand wärmt
mich und wandert
Mary betet zur Flucht
der Vertriebenen
ich rutsche tiefer
er legt mir seine Jacke
wie eine Schwimmweste an

Ein Alligator klappt
seinen Rachen auf
er schiebt mir
den Daumen in den Mund
in letzter Minute
ruhen die Spatzen
in seiner Hand.

Rainer Werner Fassbinder

Alles aus Leder

Alles aus Leder,
doch nebenbei
bist du wie jeder
im Einerlei.

Schützt sie die Seele,
die Uniform?
Wenn ich dich quäle,
hast du's doch gern.

Männer, was ist das?
Keine Gefahr.
Machen ihr Bett naß,
pflegen ihr Haar.

Ruf deine Mutter,
hab keine Angst.
Und friß dein Futter,
dich kenn ich längst.

Das Haar auf der Brust
ist doch nur Schein.
Und schreist du vor Lust,
ja dann schlafe ich ein.

Trink deine Milch, Freund,
heul dich mal aus!
Und hast du geweint,
dann komm nach Haus!

Alles aus Leder,
doch nebenbei
bist du wie jeder
im Einerlei.

KARSTEN WITTE

Aufgerissen

Du hast mich aufgerissen
wie einen Reißverschluß
am Overall
und dich einfach
untergestellt

Du schienst nackt
als du meine Haut
betratst
sie wärmte dich
zwei Haltestellen

Wie stehe ich
jetzt da
die Hand im Griff
um beim Anfahren
nicht umzufallen.

verwirrte gefühle

mir gegenüber sitzt ein
müder sehr junger
mann die schmalen
finger in den ärmeln
seines pullovers
verborgen
                    wär ich keine frau ich
könnte glatt
zum aschenbach
werden
               venedig ist nah
bin ich doch vorhin erst
sacht zwischen den derben
brüsten eines mädchens
entlang
gefahren

das freilich war
eine galionsfigur

Karl Krolow

Licht

Im Süden, da gilt das nackte
Licht, die Olivenpresse.
Erlaubt sind Augenkontakte.
Du siehst in die sanfte Fresse

von jemand, der dir gefallen
will: eine Frau oder ein Mann,
das ist gleich: sowieso über allen
das Licht, das verrückt machen kann,

das sich selbst und andre befriedigt,
gleichgültig, wie es fällt,
das jedes Dunkel erniedrigt,
das sich im Winkel hält.

Udo Lindenberg

Ganz egal

Neulich hab' ich 'n Film von früher gesehn
da war so'n Typ den fand ich richtig gut
der hieß James Dean
die haben mir erzählt, daß er der erste war
der geweint hat auf der Leinwand
vorher gab's nur diese knallharten Männer
mit der Knarre in der Hand

Und dann hab' ich alte Platten gehört
Rock'n'Roll von Elvis Presley
der machte damals 'ne Riesenschau
und bewegte die Hüften wie 'ne Frau

Und 63 waren die Beatles da
das war damals noch ein Skandal mit dem langen Haar
und Paul sang wie ein Mädchen, das kam unheimlich an

Dann Mick Jagger und jetzt David Bowie
der seinen Gitarristen auf der Bühne küßt
und wieso auch nicht
es ist doch ganz egal
ob Du ein Junge oder 'n Mädchen bist

Gestern hab ich Dich zum ersten Mal gesehen
weiße Haut, totaler Knockout
für einen Moment blieben wir stehen

Weißt Du, irgendwie fand ich Dich so gut
doch Dich gleich auf der Straße zu umarmen
dazu fehlte mir der Mut

STEFAN REICHERT

Sommerhoch

Über der Autobahn, an einem
heilgebliebnen Stück Waldrand, liege ich
in der Sonne. Holzböcke bohren sich
in meine nackten Schenkel, mein Schwanz
wippt, wenn die Polizisten den Verkehr
im Tiefflug aufs Korn nehmen.
                    Aber ich denke
an den Wuschelkopf in der Kneipe, der mich
cool fand, als er mich drückte und ich dabei meine Lord
nicht ausgehen ließ. Ich hatte einfach
an diesem Abend was andres vor. Als seine Augen
zu betteln anfingen und er
zum vierten Mal My Lord zu mir sagte, dachte ich
nur noch an seinen Bauch. Ohne Hemd wollte ich den
nicht grade sehn.
            Der Aufbruch ging leicht. Meine Cola
hatte er schon bezahlt. Aber nun fiel ihm ein,
in den Park mitzufahren. Ob er
zur Stelle sein wollte, wenn ich keinen andren
fände? Ich weiß nicht. Jedenfalls zogen wir ab.
Im Dunkel, zwischen den Bäumen, zeigte ich ihm
die Trampelpfade, wo was los war. Und dann,
ich bin ja so cool, gab ich ihm
einen Kuß und ging weg.
                Hätte ich, die Sonne
fängt an zu brennen, ich muß in die Bauchlage zurück,
hätte ich ihn nicht küssen sollen, obwohl
ich ihn nett fand? dachte ich

am nächsten Morgen in der fremden Wohnung
im wäschereifen Bett, noch immer
gefesselt zwischen, links, dem schlafenden
Klaus und, rechts,
dem schlafenden Hans, der bei Tag
Schaufensterpuppen anzieht.
                                                  Wuschelkopf,
deinen Namen hast du mir nicht gesagt,
aber ich weiß, du studierst Politologie. Das muß,
fürn Gedicht, zur Person genügen. Und jetzt
hat es wieder ein Holzbock
geschafft.

1979

Franz Joseph Herrmann

Im Waschsalon / die Zweite

Die beiden Maenner
dunkles Sakko
junger Schnauzer

vor dem Trokkner
stehen sie
sprechen miteinander.

Hinter der Scheibe
das Handtuch in Farbe
es schwebt

so schwerelos leicht
wie Glas
ist auch ihr Gespraech

das hin und herspringt
uebers Netz ihrer Lippen
– die gelassene Antwort.

Spaeter stehen sie
hinterm Vorhang
unter der Dusche

eine Hand greift
hinaus zum Handtuch
das leuchtet

und faehrt
ueber den Ruekken
des Freundes.

Dem Handtuch ist
es wohl. Die Wirbel
sie jauchzen.

Franz Joseph Herrmann

Inventur

Da war der Kerl
in den Radlerhosen.
Hart im Nehmen.
Weich im Geben.

Er wusste
was Maenner lieben.

Als wir uns trennten
weinte er.

o

Da war der Mann
vom Film vom Fach.
Er nahm mich mit
in sein Hotel.

Ich haett geschnarcht
und kalt geschwitzt.

Noch heute schreibt
er mir und gruesst.

o

Da war der Lehrer
mit grauem Schnauzer.
Kurz war die Nacht
und windstill.

Er hatte Haende
mehr als Finger.
Und Tage spaeter
spannte die Brust.
o

Da war der Moench
mit der Prothese.
Im Schacht
flehte er Liebe.

Mein Mantel
dekkte ihm die Zunge.

Heut wir uns kreuzen
sind wir wie Blinde.
o

Da war der Freund
der mir fremd war.
Baeuchlings warf er
die Matratze.

Wir kuessten uns
nie.

Doch ging ich wie ich kam
als ein andrer aus dem Haus.
o

Da war der Professore
mit der Aktenmapp.
Im Herzen die Mutter.
Im Hoden ein Stier.

Er nahm mich ganz einfach
am eisernen Bettkant.

Der Halbschlaf fuhr
ihn dann nach Haus.
○
Da war der Zwilling
mit den leichten Lippen.
Ich lobe sie gerne
und noch viel mehr.

Den Verhueter bot er
auf einem Silbertablett.

Ich zog ihn ueber
doch wieder zu spaet.
○
Da bist jetzt du
und blaue Fenster
hat dein Gesicht
– das macht zerbrechen.

Was soll werden wenn
ich alt bin fragst du

und hakkst dich ein
unter meine Angst.
○
Da wird Einer kommen
durch die offene Tuer
in schwarzem Leder
und ohne zu klopfen.

Auch ihn will ich
umarmen muessen.

Derweil aber soll
jaehren das Leben.

Stefan Reichert

Jahreslauf

Im Januar
einer.
Dein blondes Haar,
Kleiner.

Im März
ein Bauer.
Lust, Liebe, Schmerz.
Trauer.

Im Mai
der dritte:
Liebelei.
Nächster, bitte.

Im August nichts
außer vielen
gesichts-
losen Gespielen.

Im September
du.
Bis November
Ruh.

Am Ende
des Jahrs:
leere Hände.
Das wars.

1981/1986

Andreas Reimann

Die schlehe

Mund an meinem mund, auf meiner haut,
herbe schlehe, wenn der forst erblaut:
ach, der letzte kuß nur gleicht dem ersten.
Zwischendurch ist freundlichsein am schwersten,
und wie flink wir auch die karten mischen:
gegenwart ist immer ein dazwischen,
tummelplatz der äxte und der messer.
Ja, die liebe wußte alles besser,
doch auch sie wird mit der zeit vergeßlich.
Im november schwimmt die sonne bläßlich
auf dem strom, es zieht der nebel fäden ...

Laß uns durch die späten blumen reden,
wenn die wörter im gewölk verblassen:
nur die chrysantheme scheint gelassen
und am wintersaum die herbstzeitlose.
Doch am end sinds flechten nur und moose
die in mauerfugen überstehen,
und im strauchwerk eisgereifte schlehen ...
Und so ists ja recht, wenngleich es besser
besser wäre, doch der satte esser
sollte nicht in rüden hungerzeiten
mit dem koch um den geschmack sich streiten.

Schon, wenn halbwegs heil durchs sein wir kommen,
hat das glück sich unsrer angenommen,
wenn auch ohne strahlendes gepränge:
die da gehn umarmt durch das gedränge,

sind noch wirklich wie die schlehenhecken,
und das amselbrot beginnt zu schmecken!
Wenn der jubel aus dem hause ist,
meld nicht gleich den frieden als vermißt,
sondern suche ruh in unsrer nähe:
wenn der kirschbaum kahl ist, reift die schlehe.

Gino Hahnemann

güstrow

seinen namen vergaß ich
den seines schiffes
kaum zeit einander zu fliehen
in der pause zwischen kennenlernen und abschied
keine leidenschaft gemeinsam aus uns sich entwickelnder
aufopfernder liebe
in einem dom eingemauert das schweben des engels
stark sind wir im übermut
damit es nicht zur buße wird
schwach zu sein und genommen zu werden

verständigung als umgekehrter appell eines mitleids
unser gefühl ernster zu nehmen als unser gefallen
letzte äußerlichkeit der list zu entgehen
voneinander besitz zu ergreifen
welcher haß wird wachsen auf diese umarmung
strindbergsche dramen übertragen tonsäulen nicht
auf den st. marien und rathaus umviertelnden markt

seinen namen vergaß ich
den seines schiffes
es fährt eisfische sammeln vor island
wolken schwimmen vor herbst
der nordische himmel ist hoch
alle zeitungen voller schiffspositionen

stark sind wir
daß es nicht zur buße wird
schwach zu sein und genommen zu werden

Andreas Reimann

Wenn

Wenn du nun also fremdgehst, das soll heißen,
dir einen suchst, der deinem leib behagt,
und zwar verständlich, weil mein altes eisen
gerade durch die weißglut oft genug versagt,

wenn du nun also fremdgehst und schwanzüber
dich in die wogen einer wollust schmeißt:
ich bitte dich um eines nur: hol über
in alles neue auch mein stückchen geist.

Das glied allein ist nicht gedacht. Ich lieb dich
in der gefährdung. Glück der widersprüche,
in denen ich mit dir verklommen bin.

Der strich macht durch das leben nicht die striche.
Und ohne gräten wär der fisch kein fisch.
Und dich jetzt nicht zu lieben: hätt das sinn?

Rainer Madonna Degenthoff

loch im bauch

warum ist das wasser naß, das blut rot,
warum läuft opa unter dem weihnachtsbaum
die spucke aus dem mundwinkel
und tropft auf die hose? warum hose?
was trägt der schotte darunter?
wofür blumen, wenn sie doch verblühen,
und wieso dornen? wieso filzläuse?
freut sich der goldfisch im glas
auf sein coming out oder hat er weiche knie?
warum kann er mir nicht ins auge sehen,
wieso glaubt er, ich hätte ihn erschaffen
nach meinem ebenbilde? wieso ich?
warum lächelt der buddha infantil,
wo ich heulen würde, wenn ich so fett wäre?
was kann ich dazu, daß mir das manneken pis
näher ist als der florentinische david,
wieso muß ich mich immer entschuldigen?
was gibt es da zu entschuldigen,
wenn einer es anders schön findet
als seine mutter in ihren kühnsten träumen?
warum starb mein bruder im hotelzimmer,
den bauch voller schuldgefühle,
warum wuchert unkraut auf seinem grab?
und woher nur meine sehnsucht
nach einer lizenz für etwas,
das ich doch auch ohne treibe?
was soll der erigierte zeigefinger,
was soll das fest der liebe hier en famille?
warum am heiligen abend dieses gefühl
in der magengrube? warum ist galle grün?

Cyrus Atabay

Zwei Männer auf dem Balkon

Durch die Straßen schlendernd,
sah ich im achten Stockwerk eines Hochhauses
zwei Männer auf dem Balkon stehen.
Der eine hatte seinen Arm
um die Schulter des anderen gelegt,
während der andere Arm ausgestreckt war
und über die Stadt zeigte.
Dies erweckte den Eindruck,
als sei der eine zu Besuch in der Stadt
oder ein Gast,
dem die ungewohnte Aussicht erklärt würde.
Beide schienen, wie sie so lässig dastanden,
dem Tumult enthoben.
Als ich, weitergehend,
sie aus dem Auge verlor,
wünschte ich, sie möchten noch lange
freundschaftlich verbunden auf dem Balkon bleiben,
in dem schwebenden Mastkorb
über dem Geflecht der Stadt
Gedanken erspähen, die Glück verheißen.

Ernst Penzoldt

Der Gefährte

Regt sich die Erde wieder zur Erde
Ruhe Du still bei mir bis zum Ende
Der Nacht. Ueber Stirn und Hände
Strömt Dein Haar um mich her
Mein Gefährte.
Leise wiegt uns die Nacht. Die Herde
Der Berge schlummert so tief.
Ruhe Du still bei mir, mein Gefährte.

VII

LES ADIEUX

Wir tragen die alten Lasten:
die Schwierigkeit zu lieben
und den schürenden Tod.

Heinrich Ost

Andreas Reimann

Zieh aus, mein freund

Zieh aus, mein freund, der spaß ist hin, zieh aus.
Am schwanenteich das gras ist abgemäht.
Und dunkel ists in meinem treppenhaus,
durch den dein schatten ohne körper geht.

Vergiß mir nicht, was gut gewesen ist.
Du lebst nur einmal, also lebe nun.
Ich hoffe sehr, daß du noch fähig bist,
in neuer liebe von mir auszuruhn.

Zieh aus, mein freund, der spaß ist hin, zieh aus.
Ich geb dein laken in die wäscherei.
Und häng ein schöngeschriebnes schild hinaus:
mein freund ist fort. Jedoch sein bett ist frei.

Norbert Bischoff

Laß mich bleiben wenn ich fortgeh

Du, ich will nicht länger warten
schöner wird es heut nicht mehr
laß mich gehn und spür die Stille
so, als ob ich in ihr wär

Hab in dir und unsern Stunden
so viel Lebenslust gespürt
daß ich voll und doch nicht satt bin
von dem Taumel der uns führt

Du, ich traue keiner Liebe
die die Ewigkeit beschwört
laß uns achten, daß nie einer
nur dem anderen gehört

Laß mich bleiben wenn ich fortgeh
wie ich bin und such in dir
keine Worte, mich zu deuten
daß du nichts verlangst von mir

Ja, ich will dir alles geben
was mich dich erkennen läßt
daß wir traumhaft irdisch teilen
Sorgensturz und Freudennest

Hermann Ungar

(1913)

Ich habe viel verloren
auf meiner kurzen Fahrt.
Wo ist der Mensch geboren,
der mein in Sehnsucht harrt?

Ich ließ manch gute Ecke
von meinem guten Kleid
an Stacheldraht und Hecke.
O Lieber, bist du weit?

Dem bin ich abgefallen
und der fiel von mir ab.
Wer bist du unter Allen,
den ich ersehnet hab'?

Ich fühl' dich in der Ferne.
Du hast an mich gedacht!
Grüßt seinen Schlaf, ihr Sterne
und hütet seine Nacht!

Sonett 45

Meine Seele was suchest du immer den Schönen?
Lange ist er schon tot und die rollende Welt ist
Ihrer Umdrehung gefolgt daß nun keiner den Held mißt
Meine Seele was suchest du immer den Schönen?

Warum erweckst du o Herr mich mit Weinen und
Stöhnen?
Ach ich suchte den Schlaf und von Klagen entstellt ist
Meine Verlassenheit der du Verlaßner gesellt bist
Warum erweckst du o Herr mich mit Weinen und
Stöhnen?

Also hielt eines Nachts ich Zwiesprach im Herzen
Und verstummte beschämt entschlossen zu schweigen
Meiner Seele nicht mehr meine Trauer zu zeigen

Nicht mir zum Trost sie zu wecken in meinen Schmerzen
Aber siehe sie ließ auch dem schlafenden Munde
entsteigen
Trauriger Lieder viel Ihre Tränen entbrannten wie Kerzen.

Karl Krolow

Manchmal

Manchmal sprachst du im Schlaf. Du wußtest es nicht.
Es regnete draußen. Es war ein Duft in der Nacht.
Ich hörte dir zu wie einer, der gerne wacht.
Manchmal sprachst du im Schlaf und ich sah dein Gesicht.

Es war ein Kind, das ließ einen Drachen steigen
sehr rasch in den Himmel, und Herbst war im Wind.
Das war gestern. Ich sah dich: du warst dieses Kind.
Du wolltest die Höhe des Himmels mir zeigen.

Gut war es zu leben. Du sprachst in das Kissen:
Geruch in der Nacht. Es roch nach offenem Wein
aus der Flasche, diesem Duft von Zusammensein.
Ich höre dich noch. Ich werde dein Sprechen vermissen.

ERNST PENZOLDT

Wandlung

O daß wir ruhen und wieder Knaben sind
Ferne vom Tag
Und mit großen Augen ins Dunkle sehen!
Und wir hören alle Stunden kommen und gehen
Und die Engel im Wind.
Ich aber wandre von meinem in Deinen Traum
Neben dir her an der schlafenden Zeit
Und dem Morgen vorbei
Und bin fremd im rings erwachenden Raum
Wähnend daß ich Du sei.

Horst Bienek

Überleben

Spät am Abend die Erinnerung
wie ein Überfall Immer sind
Erinnerungen Überfälle
Kein Gespräch mehr gestern
nach dem Buñuel im Fernsehen.
Du bist weggefahren Die Katze
lief dir nach Ich holte sie
im Dunkel ein Lautlos zerbrach
die Fensterscheibe Meine Hand
blutete Ich habe mich nicht genug
abgesichert Diese Schallplatte da
noch einmal zum fünften Mal heute
das Finale *feierlich nicht zu schnell*
aus der c-moll-Sinfonie (Bruckner)
da könnt man sich das Leben nehmen
oder aufhören zu schreiben
was vielleicht dasselbe wäre also
setzen wir uns in ein
paar neuen Zeilen fort
Und draußen das Dunkel

Steinalte Tänzer

Eisig sind die nächte der großen stadt im april.
Schwarze lederjacken tragen die mageren knaben
Über der bleichen gänsehaut bei den konzerten
Der hektischen neuen bands mit skurrilen namen.

Aber der krach & die kreisende flasche schaffen
Noch keine gemeinsame sphäre: hart schlagen die
Augen der kurzhaarigen jede zärtlichkeit aus und
Die bärtigen alten rücken enger zusammen im saal.

O wir werden nie alt: war unser heiliger slogan
Forever young mit bobbie dylans falsett, o wir
Hatten die jugend gepachtet für unsere parklücke
Zwischen den kulten: diese uhr läuft jetzt ab.

Eisig sind diese nächte und eisig die mundwinkel
Über no-future-no-fun-plaketten zum schlagwerk
Des oszillographen. Laut ihre trauer wegsteckend
Tanzen die stone-alten nah an der bühne den blues.

Günter Herburger

Doch doch
ich kannte ihn genau
und er war auch so
groß
Wellen im Haar
Spanner in den Sandalen
und wenn er sich duschte
roch er
nach Orangenwasser
genau wie man's sich vorstellt
vielleicht war er bekannt
oder bezahlte dafür
aber ich habe ihn nie
mit einem andern gesehen
obwohl er erzählte
daß ein Freund
in der neuen Wohnung
ihm die Vorhänge nähte
er begann dick zu werden
trank Säfte
rauchte nicht
und kannte viel neue Literatur
man konnte sich
auf sein Urteil verlassen
vielleicht war er Jude
ich habe nichts
gegen ein romantisches Bild
daß ausgerechnet er
keine Schlaftabletten nahm
spielt schon eher eine Rolle
jedenfalls hat er ohne Überlegung

mit seiner ganzen Kraft Säure
irgendeine Tinktur
oder sowas benützt und hat dann
zu toben begonnen
alles war mit Kotze bespritzt
er lag gekrümmt an der Tür
und hatte sich mit einem Stuhlbein
das tief innen steckte
die Zunge ganz nach hinten gestoßen

Oliver Fasnacht

Solange du da bist

Wenn ich du wäre, würde ich schrein.
Warum ich? würde ich schrein.
Und nachts, wenn du schläfst, würde ich gehn,
mich vor einen Zug werfen,
von einer Brücke springen,
mich erhängen im Wald.
Denn ich bin nicht du, bin nicht stark,
bin bloß dein feiger, gesunder Freund
und schau ohnmächtig zu,
wie die Nachbarn dich anstarrn
wie ein Gespenst.
Du lächelst und wiederholst
den fatalen Witz,
der wie ein Blitz durch mein Herz fährt:
Aber es gibt sie doch noch,
die Illusion der Hoffnung!
Ich lächle zurück und halt deine Hand,
zitternd vor Angst und Glück,
solange du da bist.

Mario Wirz

Raubzüge

Ich plündere schamlos die Gesichter der Verliebten
in der U-Bahn
und raube mir ihr Lächeln.
Auch der zärtliche Blick des Jungen
am Tresen für seinen Freund
landet bei mir,
kostbares Juwel der Lebenden.
Der leichte Schritt der Glücklichen
verzögert meinen Fall,
und es geht weiter,
auch diesen Tag.
Ich stehle mich heimlich davon
mit den furchtlosen Stimmen der Straße
und bändige mit ihnen die Stille.
Auch die Hoffnungen meiner Freunde
sind nicht sicher vor mir.
Skrupellos bringe ich ihre Träume in meinen Besitz
und ahme ihre Gesten nach,
wenn sie von der Zukunft sprechen.

KARSTEN WITTE

Fremdkörper

Früher reichte ein Blick
in der Straßenbahn
ein Pfiff auf der Gasse

Ein leerer Turnsaal
mit Kletterstangen
ein Katalog von Bademoden
aus dem Warenhaus

Die Berührung mit Glanz
Papier und Zelluloid
das Tuscheln der Jungen
auf den billigen Plätzen

Jetzt verfällt dein Haus
und macht Fremdkörpern Platz
im Gästezimmer

Es ist Zeit
die Tür anzulehnen
den Wind zu erwarten

Er packt dein Fleisch
in Pergamentpapier
das knistert wenn
ihr schlafen geht.

Mario Wirz

Diese Stille

Der so lange in mir geweint hat, weint nicht mehr.
Kein Gesang,
kein Wort,
auch kein Schweigen,
    das ich mit jemandem teilen könnte.
Andere erzählen mir von dem, der ich gewesen bin.
Lesen Briefe vor, die ich geschrieben habe,
und zeigen mir Fotos, auf denen ein Fremder lächelt.
Ich halte nicht länger Ausschau nach mir.
Auch nicht im Traum.
Jetzt gibt es nur noch diese Stille,
groß und furchtbar.

Stefan Reichert

Nackt und elend
stehe ich mir, ein
vergeblicher
Bildner, nächtens
Modell.

Aus allen Himmelsrichtungen
schieße ich
auf mein erhobenes
Geschlecht. Aber hundert
Blitze
lösen nichts aus.

Die bunten Fetzen
bette ich
sorgsam in einen Sarg.
Übers Jahr
schreibe ich Corpus
delinquentis darauf
oder werde
ins Feuer geschoben.

1968

Detlev Meyer

Ganz schön traurig

Wo du jetzt bist, da wird es niemals regnen,
und selbstverständlich ist es niemals kalt.

Ein junger Gott wird deine Wohnstatt segnen,
das ist ein Haus von Marmor und Basalt.

In deinen Höfen blühen Hyazinthen,
in deinen Brunnen sprudelt kühl der Sekt.

Ein schöner Gärtner liebt dich scheu von hinten,
weil ihn dein junges Antlitz fast erschreckt.

Wo du jetzt bist, wird niemals etwas enden,
drum bleibt der Gärtner ewig an dir dran,

hält ewig dich in seinen schönen Händen
– was ich nicht konnte, weil es niemand kann.

Ich ließ dich los nach ein paar schönen Jahren,
und du verschwandest wie ein schöner Traum.

Sacht spielt der Wind in deinen schönen Haaren.
Spürst du das noch ? Du spürst es kaum ...

Johannes R. Becher

Mitten im Gewitter

Bin von dir fortgegangen
Und hab nur ein Verlangen,
Daß du mich bald vergißt.
Mein Glück war deine Nähe.
Nun geh ich fort und gehe,
Bis du mir fern entschwunden bist.

Ich seh dich im Entschwinden
Mit Augen, wie mit blinden.
Bist schon nicht mehr zu sehn.
Und mit dem Blick entschwunden
Sind all die guten Stunden –
Vergehn, verwehn wie ungeschehn.

Vielleicht in andren Zeiten,
Die wir mit vorbereiten,
Wird solch ein Abschied nicht
So traurig sein und bitter.
Wir stehn in dem Gewitter,
Das mitten in uns niederbricht.

Stefan Reichert

Wenn es dir einfällt, mich
zu rufen, könnte ich schon
an einem Ort sein,
der seine eigene Zeit
hat und keine Sehnsucht.
Oder ich liege unter
der Erde und hab mir mein Teil
gedacht.

Aber es macht nichts. Rufe nur.
Hier ist
meine Antwort: ich war
bei dir.

1987

ANHANG

Mehr Lust als Anstand

Nachwort
von Hans Stempel und Martin Ripkens

Sie können einem schon die Sprache verschlagen, die respektlosen Verse einiger junger Schwuler. Weit entfernt vom verschwiegenen Pathos georgescher Lyrik, benennen sie ihre Erfahrungen ungeschminkt, scheuen sie keine *four-letter-words*.

Als legitim, als druckreif, galt bis in die siebziger Jahre des 20. Jahrhunderts allein die Seelenfreundschaft unter Männern, wenngleich schon in den Zwanzigern aufwendige Privatdrucke wie ›Die braune Blume‹ des Berliner Bibliophilen-Abends ungeniert schwulem Sex huldigten, jedoch mit Versen, die eher dem schlüpfrigen Niveau eines Herrenabends entsprechen. Offiziell gab man sich zugeknöpft. Noch drei Jahrzehnte später war man so prüde, daß erste Übersetzungen von Henry Miller oder Jean Genet nur gegen Subskription geliefert werden durften. Diese Zeiten sind vorbei, hoffentlich endgültig.

Bürgerliches Selbstbewußtsein, auch das der Schwulen, sprengte die Zensur. Und jetzt, soll gegen Ende des Jahrhunderts auch jene Art der Selbstdarstellung, die sich seit pompejanischen Zeiten in Wandbeschriftungen auslebte, die Literatur bereichern? Peter Rühmkorf, der diese schöne Gabe »Volksvermögen« nennt, würde wohl fließende Übergänge sehen. Also das Unaussprechliche neben dem Unausgesprochenen?

Nun war, mit Verlaub gesagt, der nackte Arsch nie originell und nie ein Argument in Sachen Literatur. So zählt denn auch in dieser Anthologie, bei aller Offenheit, nicht die Lautstärke eines Verses, sondern die Nuance, das schwierige Geschäft, Empfindungen und Erfahrungen zu reflektieren, ohne dem Fluß der Wörter Gewalt anzutun. Kein leichtes Unterfangen, wenn Angst die Stimme zu verfärben droht.

Noch liegt die Zeit nicht allzuweit zurück, da John Henry Mackay sich mit dem Pseudonym Sagitta schützen mußte, seine Verse ›Gedichte der namenlosen Liebe‹ nannte. Noch heute verschweigen Minister und Kardinäle ihre schwulen Neigungen, und selbst unter Literaten, wenngleich als Ausnahme, schwelt diese Art der Selbstverleugnung weiter.

Einst war die Camouflage eine Überlebensstrategie, unvermeidlich, vermochte sogar die Sprache zu beflügeln, dem heiklen Spiel mit der verleugneten Natur poetische Valeurs abzugewinnen.

Gedichte dieser Art Verschwiegenheit eröffnen die Anthologie. Oft sind es Verse, »Top Secret«, in deren Subtexten geheime Botschaften aufleuchten. Auch Texte des Kapitels »Erlkönigs Erben« warten darauf, entschlüsselt zu werden. Gemeint sind die Beziehungen zu oft sehr jungen Menschen, das, was in der Hetero-Sprache Lolita-Syndrom genannt wird.

Schon Goethes klassische Ballade vom Erlkönig, hier nur als Motto zitiert, läßt Hintergründe ahnen, die unsere Schulweisheit niemals zu träumen wagte. Als Musterbeispiel unseres Jahrhunderts darf das Gedicht von Georg Trakl ›An den Knaben Elis‹ gelten. Hier dominieren Bilder von magischer Gewalt: »Dein Leib ist eine Hyazinthe, in die ein Mönch die wächsernen Finger taucht ...« Spätestens beim zweiten Lesen verwandeln sich diese Metaphern, scheinbar dem Irdischen enthoben, zu glühenden Zeichen einer verbotenen Liebe. Franz Fühmann, der sich Trakl in einem weit ausgreifenden Essay näherte, fühlte sich zunächst tief irritiert, als er hinter den Chiffren »blanke Päderastie«, sogar »Nekrophilie« entdeckte. Doch heute noch wirkt dieses Gedicht nach, das Trakl im Kaiserreich schrieb, stimuliert es junge Autoren wie Uwe Kolbe. Sein Vers ›Salzburg im Mai‹ liest sich wie eine moderne Paraphrase.

Zur Diskretion gezwungen, zunächst wenigstens, sahen sich auch jene schwulen Autoren, die in der orthodoxen Lesegesellschaft, genannt DDR, groß wurden. Von der Partei gehätschelt und zugleich kujoniert, konnten sie erst in den siebziger Jahren über ihre Beziehungen schreiben. Vermutlich erschien das erste Gedicht dieser Art in der ›Auswahl 74 – Neue Lyrik – Neue Namen‹. Unter dem gezielten Titel ›Du wirst es wieder sagen‹ wünscht Andreas Reimann sich und seinem Freund als Lotterbett nicht »sahnige Daunen«, sondern »Brennesseln«. Ulrich Berkes, in derselben Sammlung vorgestellt, läßt sich erst 1976 mit seinem Band ›Ikarus über der Stadt‹ diskret auf schwule Themen ein. Thomas Böhme und andere folgten.

Höhepunkt dieser Entwicklung wurde 1988 eine Lesung schwuler und lesbischer Lyrik im Leipziger Studentenclub Moritzbastei, ein Abend, den Rainer Herrn vorbereitete und moderierte. Doch einige dieser Texte blieben Manuskript, da sie den Hütern der Druckgenehmigung nicht behagten. Und nach der Wende waren es dann die Marktgesetze, die Lyriker unter Kuratel stellten.

Im Westen war das Klima für schwule Autoren kaum freundlicher, zunächst wenigstens. Im Schatten eines Paragraphen, der unverändert aus der Nazi-Zeit übernommen wurde, mußten sie sich ständig bedroht fühlen. Die Schere im Kopf gehörte zum Handwerkszeug. Nicht zufällig liegt von einem Lyriker wie Peter Gan, der unter seinem wirklichen Namen Richard Möring als erster Melvilles homoerotisch codierte Novelle ›Billy Budd‹ übersetzte, unseres Wissens nur ein einziges Gedicht vor, das ansatzweise schwule Erfahrungen thematisiert. Lyriker, die mehr Offenheit wagten, blieben halbherzig, flüchteten fast ausnahmslos in ein sentimentales Pathos, das an Verse erinnert, die in der Zeitschrift ›Der Eigene‹ erschienen. In diesem durchaus couragierten Blatt, das sich bis 1933 für homoerotische Literatur engagierte, reimte 1924 Hansfried Hohendorf:

All meine flehenden Bitten
Kannst du erfüllen allein.
All meine gläubige Liebe
Dürstet, bei dir zu sein.

Von ähnlich unfreiwilliger Komik sind Verse, die in den sechziger Jahren der Berliner Heinz Birken, vermutlich auch ein Pseudonym, in der Schweizer Zeitschrift ›Der Kreis‹ veröffentlichte, Reime, die er einem Freund am Klavier widmete:

Ich sass und lauschte der geheimen Süsse,
die selig mein beglücktes Herz umspann;
denn jedem Ton entglitten tausend Grüsse,
der perlend aus des Freundes Finger rann.

Spott liegt nahe, doch ehe man sich über diese Herzensergießungen allzu lustig macht, sollte man vielleicht Heinrich Heine zitieren, der den schwulen Platen zwar hochmütig anrempelte, ihn aber auch, und das ist kaum bekannt, leidenschaftlich verteidigte: »Der Mangel an Naturlauten in Gedichten des Grafen rührt vielleicht daher, daß er in einer Zeit lebt, wo er seine wahren Gefühle nicht nennen darf, wo dieselbe Sitte, die seiner Liebe immer feindlich gegenübersteht, ihm sogar verbietet, seine Klage darüber unverhüllt auszusprechen ...«

Erstaunlich der Qualitätssprung vom Ende der sechziger Jahre bis heute, ohne die Revolte von 68 wohl undenkbar. Ob West oder Ost, der sprachliche Zugriff, oft

Heines geliebten Naturlauten durchaus verwandt, ist heute ebenso direkt wie der Griff nach einem begehrten Partner. Wie Heteros erzogen, dominant und offensiv zu reagieren, stehen sich meist Männer gegenüber, die nicht nur Lustobjekt, sondern zugleich auch Subjekte der Lust sein wollen und keinen Hehl daraus machen. Entsprechend stürmisch geht es in dem Kapitel »Die Zärtlichkeit der Wölfe« zu. Unverhohlen schreibt Micha Schmidt über die Erfahrungen eines Trampers:

wer hält schon nachts an
um dunkle gestalten wie mich mit
zunehmen wie ich alle genommen
vergessen selten geliebt aber
immer begehrt manchmal wie vergewaltigt
komme ich mir vor hinterher

Mag auch die Aktion wild gewesen sein, der Rückblick wirkt eher verhalten. Oft klingt auch Trauer auf, und sei es nur, weil Liebe und Solidarität so schwierig zu leben sind, Erfahrungen, die Heteros ebenso vertraut sind. Fern aller Illusionen meint Detlev Meyer:

Bist Speise mir
und bist mir Trank
und bist mir,
nur ein Wunschbild lang,
reiche, reiche Beute.

Flucht in die Ironie, gewiß, Anzeichen von Resignation, vielleicht, doch kein Triumph des Zynismus. Erstaunlich das Vertrauen auf kreatürliche Erfahrung, auf die eigene, fast immer unverwechselbare Sprache, Elemente, die dieser Anthologie ihre Farbe geben.

Bunt, vielleicht allzu bunt für einen, der mit dem vollen Spektrum der Erotik nicht vertraut ist, bietet sich das Kapitel »Klappentexte« dar. Schon am Motto wird ersichtlich, daß nicht die Umschlagklappen gemeint sind, auf denen gütige Verleger Verständnishilfe bieten. Es geht vielmehr um jene anrüchige Örtlichkeit, wo sich das Volk gern malend, schreibend amüsiert. Aus diesem ungenierten Geist des Volksvermögens könnten die Verse dieses Kapitels entstanden sein. Thomas Luthardt erlaubt sich die Zeilen:

> Orgasmen gibts sowenig
> Wie anderes umsonst.
> Lern die Lektion. Wo nicht: Geh,
> Fick dich selber. Oder
> Find, der dirs besorgt
> Aus Liebe: Da bezahlst du
> Teuer.

Nicht nur Schwulen ist die Vielfalt dieser Anthologie zu verdanken, wie auch das Thema Männerliebe noch keinen zwingenden Rückschluß auf die Orientierung des Autors erlaubt. Es überrascht heute nicht mehr, wenn Heteros dieses Thema ohne Häme aufgreifen, wenn es in Songs und Lieder eingeht. Sogar Selbstkritik wird laut, wenn Udo Lindenberg die unausgesprochenen Berührungsängste erwähnt:

> Weißt du, irgendwie fand ich Dich so gut
> doch Dich gleich auf der Straße zu umarmen
> dazu fehlte mir der Mut.

Vielleicht für viele, die sich als Machos eingeigelt haben, eine Hilfe zum Selbstverständnis, eine kleine Erlösung. Spürbar wird eine neue Sensibilität, die nicht nur den

Blick auf schwule Charaktere schärft, sie sogar als Herausforderung annimmt, wie die zahlreichen Gedichte über Pasolini erkennen lassen. Neben Texten von Thomas Böhme und Konstantin Wecker ließen sich noch entsprechende Verse von Nicolas Born, Peter Hamm oder Peter Härtling anführen; das allein im deutschsprachigen Raum. Wer aber traditionelle Widmungsgedichte erwartet, wird überrascht sein. Er findet Verse vor, die sich kritisch wie selbstkritisch mit Leben und Sterben des Filmemachers befassen.

Vorüber, fast vorüber sind auch jene Zeiten, in denen berühmte Künstler, selbst Generäle, posthum zu Bannerträgern einer schwulen Gemeinde ernannt wurden, die so ihr Selbstbewußtsein zu finden hoffte. Derartiger Kult gilt heute eher als verdächtig. Kurt Bartsch und Detlev Meyer haben für Ludwig II. nur noch Spott übrig. Und Rainer Werner Fassbinder wirft dem verschwiegenen Nietzsche, der einen neuen Menschen schöpfen wollte, dem eigenen Ich aber nur ein chiffriertes Gedicht über italienische Strichjungen widmete, »ein Sein ohne Sein« vor. Doch unvermeidlich bleibt auch dieses Kapitel, »Pasolini und andere«, unvollkommen, da die Anthologie weder Ehrenfriedhof noch Lexikon sein will.

Die Fluchtbewegungen lassen nach, der Alltag wird immer gegenwärtiger, so ließe sich vielleicht der Trend beschreiben, würde man für die schwule Lyrik der letzten Jahrzehnte einen Nenner suchen. In diesem Alltag fehlen Raum und Zeit für große Abenteuer, das Gewöhnliche, das Prosaische dominiert. Noch immer gilt eine Definition, die Klaus Mann Anfang der dreißiger Jahre für schwule Beziehungen lieferte: »Es ist eine Liebe wie eine andere auch, nicht besser, nicht schlechter; mit ebenso viel Möglichkeiten zum Großartigen, Rührenden, Melancholischen, Grotesken, Schönen oder Trivialen wie die Liebe zwischen Mann und Frau.« Entsprechend beginnt der Zyklus »Eine Liebe wie andere auch«, das umfangreichste Kapitel dieser Anthologie, mit Versen, die nahezu bieder klingen. Aber auch in den Alltag schleichen sich Skepsis und Ironie ein. Für Ulrich Berkes ist er noch selbstverständlich:

> Manchmal berühren wir
> uns mit den köpfen oder den händen,
> ohne begierde, jeder unter seiner decke,
> jeder in seinem schlaf, beieinander.

Ein anrührendes Bild des Vertrauens, wechselseitig. Schlaf scheint noch ein Bruder der Unschuld zu sein. Auch Oliver Fasnacht traut noch diesen Bildern, Jean Cocteau aber, ironisch distanziert, widersprach schon vor Jahrzehnten. In einem seiner wenigen deutsch geschriebenen Gedichte flammt frühes Mißtrauen auf: »Wenn du alleine schläfst, sehe ich / Deine Träume fortlaufen wie Diebe«. Und tagsüber, wie lassen sich da, bei aller Sympathie für den Partner, die Gefühle bändigen? Schon der Gang über die Straße – oder ist es der Besuch einer Kneipe? – kann Jürgen Albrecht verwirren:

> schau mich um
> mal was anderes zu
> sehen alle schöner aus als
> du hast mich doch
> grad erst geküßt

Keine Sicherheit, keine Garantien, noch weniger als bei den Heteros, die sich dank Trauschein und Kindersegen sicherer wähnen. Viele Gewinne, viele Verluste. Nur wenige Gedichte loben die Zweisamkeit, die schwierige Kunst, Liebe überwintern zu lassen. Öfter, so scheint es, zerflattern die Hoffnungen, klingt die Bilanz enttäuschend wie bei Stefan Reichert:

Am Ende
des Jahrs:
leere Hände.
Das wars.

Die kleinen und großen Abschiede, sie werden resümiert im siebten und letzten Kapitel, »Les Adieux«. Daß selbst die größte Liebe unter Schmerzen endet, sei es durch Tod oder Entfremdung, diese Lektion, der keiner ausweichen kann, lernen Schwule schon sehr früh. Der kleine Abschied zählt da noch zum kleinen Einmaleins, mal verhalten traurig und kühl unterspielt, wie es Andreas Reimann liebt, mal von einer melancholischen Gebärde begleitet, wie sie Horst Bienek eigen war:

Da könnt man sich das Leben nehmen
oder aufhören zu schreiben
was vielleicht dasselbe wäre also
setzen wir uns in ein
paar neuen Zeilen fort
Und draußen das Dunkel

Eher ungewöhnlich der Abschied, den jene nehmen, die eine Minderheit in der schwulen Minderheit bilden, die sich allein zu sehr jungen Männern hingezogen fühlen. Alternd fällt es ihnen oft schwer, Partner zu finden, geraten sie leicht in ein Abseits, das Thomas Böhme schneidend nüchtern beschreibt:

Eisig sind die nächte der großen stadt im april.
Schwarze lederjacken tragen die mageren knaben
Über der bleichen gänsehaut bei den konzerten
Der hektischen neuen bands mit skurrilen namen.

Aber der krach & die kreisende flasche schaffen
Noch keine gemeinsame sphäre: hart schlagen die
Augen der kurzhaarigen jede zärtlichkeit aus und
Die bärtigen alten rücken enger zusammen im saal.

Selbst der Tod, der alle erwartet, stiftet noch keine Gemeinsamkeit, nicht selbstverständlich. Spielen andere Männer mit dreißig, vierzig Jahren mit ihren Kindern, tragen Schwule oft Freunde, oft Liebhaber zu Grabe. Allein fünf Autoren dieser Anthologie starben an Aids, ihr Tod sollte nicht retuschiert werden: Jürgen Baldiga, Horst Bienek, Kuno Raeber, Stefan Reichert, Karsten Witte. Und Mario Wirz, unüberlesbar, schreibt seine Gedichte bereits angesichts eines nahen, vielleicht unausweichlichen Todes:

Ich halte nicht länger Ausschau nach mir.
Auch nicht im Traum.
Jetzt gibt es nur noch diese Stille,
groß und furchtbar.

– Lyrik zu definieren soll hier nicht versucht werden. Was Lyrik ist, was Lyrik sein kann, vermag wohl nur das jeweilige Gedicht zu beantworten, das auch beim zweiten und dritten Lesen bestehen muß, noch nach Jahren. Es fehlen Verse, die sich in Gefühlen baden oder allein auf ihre Botschaft verlassen. Es fehlen auch Gedichte renommierter linker Lyriker, von Erich Kästner, Erich Mühsam und Kurt Tucholsky, denn Einsicht *in politicis* schließt noch lange nicht Weisheit *in sexualibus* ein. Es scheint zu stimmen, wenn Ernst Bloch unser Bewußtsein für etwas sehr Ungleichzeitiges hält. Wenn Erich Kästner, zum Beispiel, unter dem Titel ›Ragout fin de siècle‹ sich über ein lesbisch-schwules Lokal lustig macht, klingt das nicht gerade erleuchtet:

Hier findet sich kein Schwein zurecht.
Die Echten sind falsch, die Falschen echt,
und alles mischt sich im Topf,
und Schmerz macht Spaß, und Lust zeugt Zorn,
und Oben ist unten und Hinten ist vorn.
Man greift sich an den Kopf.

Von mir aus schlaft euch selber bei!
Und schlaft mit Drossel, Fink und Star
und Brehms gesamter Vögelschar!
Mir ist es einerlei.

Witzig gewiß, Toleranz aber wird hier zur Pose eines Mannes, der sich zum besseren Teil der Menschheit zählt. Schade, sind doch auch Couplet und Chanson legitime Kinder der Lyrik, die längst ihre akademischen Fesseln abgestreift hat.

Das lyrische Ich, Hans Bender nannte es einmal die empfindlichste Antenne des Menschen, überrascht immer wieder mit neuen Stimmen, von denen heute, weit mehr als früher, viele über die Liebe zwischen Männern sprechen. Einige mögen etwas kühn klingen. Aber vielleicht hatte Roland Barthes, der wortgewandte, nicht ganz unrecht, als er schrieb: »Literatur ist dazu da, zusätzliche Lust zu vermitteln, keineswegs zusätzlichen Anstand.«

München, 1997

Verzeichnis der Autoren und Quellen

Adloff, Gerd:
1952 in Berlin geboren, lebt dort. Zunächst Packer, Drucker. Nach einem germanistischen Studium wissenschaftlicher Assistent. Veröffentlichungen in ›TEMPERAMENTE‹ und alternativen Zeitschriften der DDR.
Robinson (S. 46)
Aus: Mikado 1/1986, Selbstverlag, Berlin. © beim Autor.

Albrecht, Jürgen:
1965 in Duisburg geboren, lebt in Köln. Freier Journalist, Schauspieler.
nestbau (S. 113)
verabredung (S. 117)
verwirrung (S. 128)
abenteuer (S. 131)
Aus: Der Zunge Flügelschlag, 1995. © beim Autor.

Artmann, Hans Carl:
1921 in Wien geboren. Lebt in Wien und Salzburg. Mitbegründer der Kleinen Schaubühne. Mitglied der Akademie der Künste, Berlin. Zahlreiche Literaturpreise. Lyriker, Erzähler, Übersetzer.
batman und robin (S. 103)
Aus: Allerleirausch, neue schöne Kinderreime. Berlin / München / Salzburg, 1993. © Verlag Klaus G. Renner, München und Salzburg.

Atabay, Cyrus:
1929 in Sadabad bei Teheran geboren. 1996 in München gestorben. Schulbesuch in Berlin. Literaturstudium in München. Mehrere Literaturpreise. Lyriker, Erzähler, Übersetzer.
Entgegennahme (S. 11)
Aus: Neue Deutsche Hefte, Heft 40, 11/1957.
Aufforderung (S. 24)
Laß die Dämmerung kommen (S. 118)
Zwei Männer auf dem Balkon (S. 157)
Aus: Gedichte, 1991. © Insel Verlag Frankfurt am Main und Leipzig.
Über ein Bild Francis Bacons (S. 39)
Aus: Die Leidenschaft der Neugierde, 1981. © Eremiten-Presse, Düsseldorf.

Baldiga, Jürgen:
1959 in Essen geboren. Starb 1993 in Berlin. Photograph.
Ich weiß (S. 29)
Aus: Breitseite, 1980. Verlag Maldoror Flugschriften, Berlin.
© Aaron Neubert.

Bartsch, Kurt:
1937 in Berlin geboren, lebt dort. Zunächst Beifahrer, Sargverkäufer, Lektoratsassistent. 1980 Umzug von Ost- nach Westberlin. Lyriker, Erzähler, Stückeschreiber.
Ludwig II. (S. 73)
Aus: Weihnacht ist und Wotan reitet, 1985. © Rotbuch Verlag, Hamburg.

Barwasser, Karlheinz:
1950 in Paderborn geboren, lebt in München. Lyriker, Erzähler, Hörspielautor. Mehrere Literaturpreise.
Ganz leicht möglich (S. 56).

Aus: Seelenhunger, 1982, Klaus Krüger Verlag, Miltenberg.
Lebenshilfe (S. 108)
Aus der Anthologie ›Andere Verhältnisse‹, hrsg. v. Jens Michelsen, 1984, Suhrkamp Verlag, Frankfurt am Main. Alle © beim Autor.

Becher, Johannes Robert:
1891 in München geboren. Starb 1958 in Berlin. Exiliert 1933. Mitherausgeber der Zeitschrift ›Die neue Kunst‹, Chefredakteur der Zeitschrift ›Internationale Literatur‹, Mitbegründer der Zeitschriften ›Linkskurve‹ und ›Sinn und Form‹. Lyriker, Erzähler, Essayist. Kultusminister der DDR.
Auf einen Jüngling, genannt Elly (S. 97)
Aus: Gesammelte Werke 18 Bände, Ausgewählte Gedichte 1911–1918.
Mitten im Gewitter (S. 177)
Aus: ebenda, Gedichte 1949–1958. © Aufbau-Verlag, Berlin und Weimar.

Benjamin, Walter:
1892 in Berlin geboren. Starb 1940 in Port Bou (Spanien). Essayist, Literaturkritiker, Übersetzer. Mitarbeiter des Instituts für Sozialforschung. 1933 exiliert.
Sonett 45 (S. 164)
Aus: Sonette, 1986. © Suhrkamp Verlag, Frankfurt am Main.

Berkes, Ulrich:
1936 in Halle geboren, lebt in Berlin. Zunächst Dreher, Fräser, Lehrer. Lyriker, Erzähler.
Caravaggio (S. 66)
Rendezvous mit Rimbaud (S. 68)
Leonardo und Francesco (S. 67)
Augenblicke (S. 112)
Katte oder Liebe in Preußen (S. 83)
Beischlaf (S. 114)
Aus: Ikarus über der Stadt/Ausgewählte Gedichte © 1997 Rimbaud Verlagsgesellschaft Aachen
Gruß an Ginsberg (S. 79)
der junge mit dem goldkettchen (S. 120)
Aus dem Manuskript.
Alle © beim Autor.

Bienek, Horst:
1930 in Gleiwitz geboren. Starb 1990 in München. 1951 für vier Jahre nach Workuta deportiert. Romancier, Essayist, Lyriker, Cheflektor. Mitglied der Deutschen Akademie für Sprache und Dichtung, Darmstadt, und der Bayerischen Akademie der Schönen Künste. Mehrere Literaturpreise, unter anderem Nelly-Sachs-Preis.
Überleben (S. 167)
Aus: Wer antwortet wem, 1991.
Nachts klebten wir Flugblätter in der Stadt (Motto S. 41)
Aus: Gleiwitzer Kindheit, 1976.
Alle © Carl Hanser Verlag, München Wien.

Bischoff, Norbert:
1959 in Leipzig geboren. Starb 1993 in Berlin. Liedermacher. Sänger.
Laß mich bleiben wenn ich fortgeh (S. 162)
Aus dem Manuskript.
© Nine Peters, Berlin.

Böhme, Thomas:
1955 in Leipzig geboren, lebt dort. Zunächst Bibliotheksfacharbeiter, Werberedakteur. Lyriker, Erzähler. Veröffentlichungen in ›TEMPERAMENTE‹ und alternativen Zeitschriften der DDR.

Pasolini (S. 85)
Aus: Mit der Sanduhr am Gürtel, 1983, Aufbau-Verlag, Berlin und Weimar.
Steinalte Tänzer (S. 168)
Aus: Die schamlose Vergeudung des Dunkels, 1985, Aufbau-Verlag, Berlin und Weimar.
die cola-trinker (S. 93)
u-bahn: tierpark – alex (S. 100)
Aus: stoff der piloten, 1988, Aufbau-Verlag, Berlin und Weimar.
die verleugnung von winckelmann (S. 72)
Aus: neuere deutsche literatur, 4/1988. Alle © beim Autor.
adieu, aschenbach (S. 76)
Aus: ballett der vergeßlichkeit, 1992. © Connewitzer Verlagsbuchhandlung, Leipzig.

Bongs, Rolf:
1907 in Düsseldorf geboren, wo er 1981 starb. Zunächst kaufmännischer Angestellter, Archivar. Lyriker, Erzähler.
Abendgedicht (S. 90)
Aus: Gedichte, 1935, Verlag Die Rabenpresse, Berlin. © Rolf Klaus Bongs, Aachen.

Brambach, Rainer:
1917 in Basel geboren, wo er 1983 starb. Zunächst Maler, Landarbeiter, Torfstecher. Lyriker, Erzähler. Mehrere Literaturpreise.
Alleinstehende Männer (S. 10)
Aus: Heiterkeit im Garten, 1989. © Diogenes Verlag AG, Zürich.

Broch, Hermann:
1886 in Wien geboren. Starb 1951 in New Haven (USA). Romancier, Essayist, Lyriker. 1938 exiliert.
Zum Beispiel: Walt Whitman (S. 69)
Aus: Gedichte, Ges. Werke Band 8, 1980. © Suhrkamp Verlag, Frankfurt am Main.

Cocteau, Jean:
1889 in Maisons-Laffitte geboren. Starb 1963 in Milly-la-Forêt. Maler, Stückeschreiber, Filmemacher.
Die Strafe (S. 116)
Aus: Das Blut der Liebe. Gedichte, in deutsch geschrieben, hg. und mit einem Nachwort versehen von Franz Joseph Hall, 1992. © by Pendragon Verlag, Bielefeld.

Cordan, Wolfgang:
Pseudonym für Heinz Horn. 1909 in Berlin geboren. Starb 1966 in Guatemala. Archäologe, Lyriker, Essayist, Übersetzer. 1933 exiliert.
Glück der Tage (S. 110)
Aus: Ernte am Mittag, 1951.
© Heliopolis Verlag, Tübingen.

Czechowski, Heinz:
1935 in Dresden geboren, lebt in Schöppingen. Zunächst technischer Zeichner. Lyriker, Essayist, Übersetzer.
De Sade (S. 82)
Aus: Kein näheres Zeichen, 1987, Mitteldeutscher Verlag, Halle/Leipzig. © beim Autor.

Döring, Stefan:
1954 in Oranienburg geboren, lebt in Berlin. Zunächst Entwicklungsingenieur, Heizer. Lyriker, Übersetzer. Zahlreiche Beiträge in alternativen Zeitschriften der DDR.
andersrum (S. 55)
Aus: Heutmorgestern, 1989. © beim Autor.

degenthoff, rainer madonna:
1962 in Rheydt geboren, lebt in Düsseldorf. Schauspieler, Schwertschlucker, Dekorateur. ». . . ich selber habe mich noch nie darum gekümmert, meine literatur zwischen zwei pappdeckel zu bringen . . .«
loch im bauch (S. 156)
Aus: Ich mal wieder, ein selbstverliebtes Lesebuch, hrsg. v. Erwin Kliffert, 1987, Rowohlt Verlag, Reinbek bei Hamburg. © beim Autor.

Ernst, Max:
1891 in Brühl bei Köln geboren. Starb 1976 in Paris. 1933 exiliert. Mitbegründer der Dada-Bewegung im Rheinland, Großmeister der surrealistischen Maler in Paris.
Der Mythenschirm (S. 23)
Aus: Paramythen, 1964. © Galerie Der Spiegel, Köln.

Fasnacht, Oliver:
1934 in Winterich bei Krefeld geboren. Lebt in der Nähe von Augsburg. Zunächst kaufmännischer Angestellter. Freier Journalist.
Top Secret (S. 12)
Die schöne Schwester (S. 21)
Liebe gibt es nur im Kino (S. 49)
Ein Traum von Glück (S. 99)
Im Schlaf (S. 115)
Solange du da bist (S. 171)
Aus dem Manuskript.
© beim Autor.

Fassbinder, Rainer Werner:
1946 in Bad Wörishofen geboren, starb 1982 in München. Schauspieler, Stückeschreiber, Theaterregisseur, Filmemacher.
Nietzsche (S. 80)
Alles aus Leder (S. 137)
Aus: Im kleinen Leben liegt der große Schmerz, 1983, Albino Verlag, Berlin. © Verlag der Autoren, Frankfurt am Main.

Fried, Erich:
1921 in Wien geboren. Starb 1988 in Baden-Baden. 1938 exiliert. Lyriker, Essayist. Zahlreiche Literaturpreise, unter anderem Georg-Büchner-Preis.
Päderastie als Waffe (S. 78)
Aus: Unter Nebenfeinden, 1970.
Eine Liebe wie andere auch (Motto S. 105). Auszug aus dem Gedicht ›Was es ist‹
Aus: Es ist was es ist, 1983. Alle © Verlag Klaus Wagenbach, Berlin.

Geiser, Christoph:
1949 in Basel geboren. Lebt in Bern. Zunächst freier Journalist. Mitbegründer der Literaturzeitschrift ›drehpunkt‹. Romancier, Lyriker.
anpasser (S. 19)
Aus: Mitteilung an Mitgefangene, 1971. © Lenos Verlag, Basel.

Grosz, Christiane:
1944 in Berlin geboren, lebt dort. Zunächst Keramikerin, Stückeschreiberin für Laienbühnen. Lyrikerin, Erzählerin.
Stolz (S. 14)
Aus: Blatt vor dem Mund, 1983. © Aufbau-Verlag, Berlin und Weimar.

Hahnemann, Gino:
1946 in Jena geboren. Lebt in Berlin. Maler, Bühnenbildner, Photograph. Zahlreiche Beiträge in alternativen Zeitschriften und Künstlerbüchern der DDR, auch unter dem Namen Gino.

güstrow (S. 154)
Aus: Allegorie gegen die vorschnelle Mehrheit, 1991. © Edition Galrev, Berlin.

Herburger, Günter:
1932 in Isny/Allgäu geboren. Lebt in München. Romancier, Hörspielautor, Lyriker. Zahlreiche Literaturpreise.
Doch doch (S. 169)
Aus: Ventile, 1966, Kiepenheuer & Witsch, Köln. © beim Autor.

Herrmann, Franz Joseph:
1955 in Sulzbach-Rosenberg geboren. Lebt in München. Freier Journalist, Lyriker.
Im Waschsalon/die Zweite (S. 146)
Inventur (S. 148)
Aus: Herzflekken, 1992. © Verlag Christian Rohr, Frankfurt am Main.

Herrmann-Neiße, Max:
1886 in Neiße geboren. Starb 1941 in London. 1933 exiliert. Zunächst Theaterkritiker. Lyriker, Erzähler. Zahlreiche Literaturpreise.
Der jugendliche Held (S. 13)
Aus: Im Stern des Schmerzes. Gedichte 1, 1986. © by Zweitausendeins, Frankfurt am Main.

Hiller, Kurt:
1885 in Berlin geboren. Starb 1972 in Hamburg. 1934 nach KZ-Haft exiliert. Journalist, Essayist, Erzähler. Mitstreiter von Ossietzky und Tucholsky in der ›Weltbühne‹. Schrieb 1922 die Streitschrift ›§ 175: Die Schmach des Jahrhunderts‹.
Kontrapunkt (S. 121)
Aus: Eros. Leben gegen die Zeit, 1973. © Rowohlt Verlag, Reinbek bei Hamburg.

Hofmann, Peter:
1965 in Sonneberg/Thüringen geboren. Lebt in Potsdam. Freier Journalist.
Black Jack (S. 32)
Bi. My Lover (S. 127)
Zarahmarleen (S. 130)
Aus: Hurenherz, 1994. © MännerschwarmSkript Verlag, Hamburg.

Kolbe, Uwe:
1957 in Berlin geboren, lebt in Berlin und Hamburg. Zunächst Transportarbeiter, Lagerverwalter. Von Franz Fühmann gefördert, der auch die Nachbemerkung zu seinem ersten Gedichtband schrieb. Mitherausgeber der alternativen Zeitschrift ›Mikado‹. Beiträge in mehreren alternativen Publikationen der DDR.
Salzburg im Mai (S. 37)
Aus: Vaterlandkanal. Ein Fahrtenbuch, 1990. © Suhrkamp Verlag, Frankfurt am Main.

Kröpcke, Karol:
Pseudonym für Karl Krolow.
Wenn du rot siehst (S. 53)
Aus: Bürgerliche Gedichte, 1970. © Merlin Verlag, Gifkendorf.

Krolow, Karl:
1915 in Hannover geboren, starb in Darmstadt 1999. Lyriker, Essayist, Erzähler. Mitglied der deutschen Akademie für Sprache und Dichtung, Darmstadt, der Akademie der Wissenschaften und der Literatur, Mainz, der Bayerischen Akademie der Schönen Künste. Zahlreiche Literaturpreise, unter anderem Georg-Büchner-Preis.
Licht (S. 141)
Manchmal (S. 165)
Aus: Herbstsonett mit Hegel, 1981.

Die fremde Hand in der Tasche (S. 51)
Pasolini und andere (Motto S. 57)
Aus: Schönen Dank und Vorüber, 1984. Alle © Suhrkamp Verlag, Frankfurt am Main.

Lasker-Schüler, Else:
1869 in Elberfeld geboren. Starb 1945 in Jerusalem. 1934 exiliert. Lyrikerin, Erzählerin, Malerin. Zahlreiche Literaturpreise, unter anderem Kleist-Preis.
David und Jonathan (S. 107)
Aus: Gedichte 1902–1943, 1995. © Suhrkamp Verlag, Frankfurt am Main.

Lindenberg, Udo:
1946 in Gronau/Westfalen geboren, lebt in Hamburg. Schlagzeuger, Liedermacher, Sänger.
Na und ?! (S. 122)
Ganz egal (S. 142)
Aus: Das Textbuch, 1981, Syndikat Autoren- und Verlagsgesellschaft. © Europäische Verlagsanstalt, Hamburg.

Lotz, Ernst Wilhelm:
1890 in Kulm an der Weichsel geboren. Starb 1914 an der Westfront.
Der Tänzer (S. 18)
Aus: Verkündigung, Anthologie jüngster Lyrik, 1920, Roland Verlag, München.

Lummitsch, Uwe:
1956 in Stralsund geboren, starb dort 1988. Journalist, Lyriker.
Trauriger Augenblick (S. 65)
Aus: Mondlandung, 1987. © Mitteldeutscher Verlag, Halle.

Luthardt, Thomas:
1950 in Potsdam geboren, lebt in Berlin. Zunächst Krankenpfleger. Facharzt für Allgemeinmedizin. Lyriker.
Hans Christian Andersen (S. 70)
Aus: Assistenz, 1982. © beim Autor.
Einander Begegnen (S. 27)
Ich lobe die Ehrlichkeit (S. 47)
Das dritte Gedicht für K. (S. 124)
Aus: Gegenüber: Ich, 1991. © beim Autor.

Mackay, John Henry:
1864 in Greenock bei Glasgow geboren, starb 1933 in Berlin. Essayist, Erzähler, Lyriker.
Der Tertianer (S. 92)
Aus: Die Bücher der namenlosen Liebe, Paris 1913, als Manuskript gedruckt unter dem Namen Sagitta.
Gieb die Hand mir (S. 89)
Aus: Die Bücher der namenlosen Liebe, neue, vermehrte Ausgabe, 1924, ohne Ortsangabe, als Manuskript gedruckt.
Hand in Hand (S. 109)
Aus: Werke in einem Band, 1933, Gilde Freiheitlicher Bücherfreunde, Berlin. © konnte nicht ermittelt werden.

Meister, Ernst:
1911 in Hagen-Haspe (Westfalen) geboren, wo er 1979 starb. Lyriker. Zahlreiche Literaturpreise, unter anderem Georg-Büchner-Preis.
Delphin (S. 119)
Aus: Fermate, 1957, Eremiten-Presse, Stierstadt/Taunus. © Rimbaud-Verlag, Aachen.

Meyer, Detlev:
1950 in Berlin geboren, starb dort 1999. Zunächst Bibliothekar, Entwicklungshelfer. Lyriker, Erzähler.
Fortschritt (S. 33)
Mahlzeit (S. 111)

Cocteaus letzter Einkaufszettel (S. 77)
Aus der Vogelwelt (S. 48)
Trocadéro (S. 129)
Aus: Heute Nacht im Dschungel, 1981.
Vom Jagen (S. 28)
Ludwig II. träumt (S. 74)
Aus: Stehen Männer an den Grachten, 1990. Alle © Eremiten-Presse, Düsseldorf.
Ganz schön traurig (S. 176)
Aus: Versprechen eines Wundertäters, 1993. © MännerschwarmSkript Verlag, Hamburg.

Münchhausen, Börries von:
1874 in Hildesheim geboren, starb 1945 in Windischleuba/Thüringen. Erzähler, Lyriker.
Jenseits des Tales (S. 102)
Aus: Das Balladenbuch, 1924, 1950. © Deutsche Verlags-Anstalt GmbH, Stuttgart.

Opitz, Detlef:
1956 in Steinheidel-Erlabrunn (Erzgebirge) geboren, lebt in Berlin. Zunächst Wagenmeister, Kellner, Postangestellter. Lyriker, Romancier. Zahlreiche Beiträge in alternativen Zeitschriften der DDR.
neunundzwanzig anschlaege (S. 52)
Aus der Anthologie ›Die Wärme die Kälte des Körpers des Andern‹, hrsg. v. Kurt Drawert, 1988, Aufbau-Verlag, Berlin und Weimar. © beim Autor.

Penzoldt, Ernst:
1892 in Erlangen geboren, starb 1955 in München. Erzähler, Lyriker, Dramatiker, Zeichner unter dem Pseudonym Fritz Fliege.
Wandlung (S. 166)
Aus: Gesammelte Schriften, Band 4: Gedichte, 1992.
Der Gefährte (S. 158)
Aus: Der Gefährte, 1990. Alle © Suhrkamp Verlag, Frankfurt am Main.

Raeber, Kuno:
1922 in Klingnau (Kanton Aargau) geboren, starb 1992 in Basel. Zunächst Novize im Jesuitenorden. Erzähler, Lyriker. Zahlreiche Literaturpreise.
Kardinal (S. 17)
Aus: Gedichte, 1960. © Claassen Verlag, München.
Spritzer (S. 20)
Stadtnacht (S. 44)
Aus: Abgewandt Zugewandt, 1985. © Ammann Verlag & Co., Zürich.

Rasp, Renate:
1935 in Berlin geboren, lebt in Newquay (Cornwall). Zunächst Gebrauchsgraphikerin. Erzählerin, Lyrikerin.
Sparschweine (S. 50)
Aus: Eine Rennstrecke, 1969. © Verlag Kiepenheuer & Witsch, Köln.

Rausch, Albert Heinrich:
bekannter unter seinem Pseudonym Henry Benrath. 1882 in Friedberg (Hessen) geboren, starb 1949 in Magrelio (Comer See). 1938 exiliert. Lyriker, Romancier.
Abenteuer (S. 15)
Kopf des Doryphoros (S. 91)
Aus: Kassiopeia, 1919, Egon Fleischel Verlag, Berlin. © Deutsche Verlags-Anstalt GmbH, Stuttgart.

Rathenow, Lutz:
1952 in Jena geboren, lebt in Berlin. Psychologiestudium. Zunächst

Transportarbeiter. Erzähler, Stückeschreiber, Lyriker. Zahlreiche Beiträge in alternativen Zeitschriften der DDR.
Ein Mann (S. 22)
Aus: Verirrte Sterne oder Wenn alles wieder mal ganz anders kommt, 1994. © Merlin Verlag, Gifkendorf.

Reichert, Stefan:
1942 in Schwäbisch Hall geboren, starb 1990 in Bonn. Mitarbeiter der Historisch-Kritischen Celan-Ausgabe. Lyriker.
Mein Liebster (S. 34)
Sommerhoch (S. 144)
Jahreslauf (S. 151)
Nackt und elend (S. 175)
Wenn es dir einfällt (S. 178)
Aus: Halber Tag in der Fremde, 1992, in Kommission beim Lyrik-Kabinett München. © Dierk Rodewald, Berlin.

Reimann, Andreas:
1946 in Leipzig geboren, wo er auch lebt. Schriftsetzerlehre. Lyriker. Beiträge in alternativen Zeitschriften der DDR.
Du wirst es wieder sagen (S. 125)
Aus: Neue Lyrik Neue Namen – Auswahl 74, Verlag Neues Leben, Berlin. © beim Autor.
Wenn (S. 155)
Aus: Das Sonettarium, 1995. © Connewitzer Verlagsbuchhandlung, Leipzig.
Die schlehe (S. 152)
Zieh aus, mein freund (S. 161)
Aus dem Manuskript.
© beim Autor.

Rexhausen, Felix:
1932 in Köln geboren, starb 1992 in Hamburg. Journalist, Erzähler, Lyriker.
Die Lavendeltreppe (S. 54)
Aus: Die Lavendeltreppe, 1979. © Eremiten-Presse, Düsseldorf.
Dienstlich unterwegs (S. 43)
Aus: Die Märchenklappe, 1982. Verlag rosa Winkel, Berlin. © Bettina Heinrichs, Kerpen.

Ringelnatz, Joachim:
Pseudonym für Hans Bötticher. 1883 in Wurzen an der Mulde geboren. Starb 1934 in Berlin. Kabarett-Texter, Erzähler, Lyriker, Maler.
An Hans Siemsen (S. 71)
Aus: Das Gesamtwerk in sieben Bänden, 1994. © Diogenes Verlag AG, Zürich.

Schmidt, Micha:
1963 in Friedland/Mecklenburg geboren, lebt in Berlin. Ausbildung als Fernmeldetechniker. Freier Journalist, Erzähler, Lyriker.
meine sätze beginnen am abend (S. 36)
Aus: Die Seehand, 1994. © Verlag PegasusDruck, Berlin.
zugfahrt (S. 35)
Aus dem Manuskript. © beim Autor.

Schnurre, Wolfdietrich:
1920 in Frankfurt/Main geboren, starb 1989. Zunächst Theater- und Filmkritiker. Hörspielautor, Erzähler, Lyriker. Zahlreiche Literaturpreise, unter anderem Georg-Büchner-Preis.
Theater (S. 16)
Aus: Abendländler, 1957. © Langen-Müller Verlag in der F.A. Herbig Verlagsbuchhandlung GmbH, München.

Siemsen, Hans:
1891 in Mark bei Hamm geboren. Starb 1969 in Essen. Freier Journalist, Erzähler, Mitarbeiter der ›Weltbühne‹. Exiliert 1934. Gab anonym den Nachlaß von Joachim Ringelnatz heraus.
Das Tigerschiff (S. 95)
Aus: Das Tigerschiff, 1923, Querschnitt Verlag, Frankfurt am Main. © Torso-Verlag, Essen.

Theobaldy, Jürgen:
1944 in Straßburg geboren, lebt in Bern. Lyriker, Erzähler.
Die Erdbeeren in Venedig (S. 75)
Aus: Blaue Flecken, 1974, Rowohlt Verlag, Reinbek bei Hamburg. © beim Autor.

Trakl, Georg:
1887 in Salzburg geboren. Starb 1914 in Krakau. Apotheker, Lyriker.
An den Knaben Elis (S. 96)
In Venedig (S. 98)
Aus: Dichtungen, 1918, Kurt Wolff Verlag, Leipzig.

Ungar, Hermann:
1893 in Boscovice (Mähren) geboren, starb 1929 in Prag. Jurist, Diplomat, Erzähler.
(1913) (S. 163)
Aus der Zeitschrift ›Der Mensch‹, 1/1918, Brünn, veröffentlicht unter dem Pseudonym Réveille. © 1989 Igel Verlag, Paderborn.

Wecker, Konstantin:
1947 in München geboren. Wohnt in Bassum bei Bremen. Liedermacher, Sänger.
Elegie für Pasolini (S. 59)
Aus: Lieder und Gedichte, 1981. © beim Autor.

Wegner, Armin Theophil:
1886 in Elberfeld geboren, starb 1978 in Rom. 1933 bis 1935 KZ-Lager. Konnte sich nach Italien retten. Reporter, Erzähler, Lyriker.
Wenn das Blut so in mir rinnt (S. 9)
Aus: Zwischen zwei Städten, 1909, Egon Fleischel, Berlin
Die Beiden (S. 133)
Aus: Fällst du, umarme auch die Erde oder der Mann, der an das Wort glaubt, 1974. Alle © Peter Hammer Verlag, Wuppertal.

Wirz, Mario:
1956 in Marburg/Lahn geboren, lebt in Berlin. Zunächst Schauspieler. Erzähler, Lyriker.
Fleischmarkt (S. 30)
Raubzüge (S. 172)
Diese Stille (S. 174)
Aus: Ich rufe die Wölfe, 1993. © Aufbau-Verlag, Berlin und Weimar.

Witte, Karsten:
1944 in Perleberg/Mecklenburg geboren, starb 1995 in Berlin. Filmhistoriker, Essayist, Lyriker.
Haltestelle (S. 31)
Grenzen (S. 38)
Sparrows/Spatzen (S. 135)
Aufgerissen (S. 139)
Fremdkörper (S. 173)
Aus: Laufpaß, 1985. © Arche Verlag AG, Zürich.

Zornack, Annemarie:
1932 in Aschersleben/Harz geboren, lebt in Kiel. Zunächst Krankenschwester. Erzählerin, Lyrikerin.
verwirrte gefühle (S. 140)
Aus: Das Meer unter meinem Kopfkissen, 1995, Neuer Malik Verlag, Kiel. © bei der Autorin.

Inhaltsverzeichnis

I. TOP SECRET

II. DIE ZÄRTLICHKEIT DER WÖLFE

III. KLAPPENTEXTE

IV. PASOLINI UND ANDERE

V. ERLKÖNIGS ERBEN

VI. EINE LIEBE WIE ANDERE AUCH

VII. LES ADIEUX

ANHANG

Hans Stempel & Martin Ripkens

Das Glück ist kein Haustier

dtv 24227

Eine ungewöhnliche Autobiographie: zwei Männer, die über vierzig Jahre zusammen leben und arbeiten, erzählen ungeniert von ihrer offenen Zweierbeziehung. In stetem Wechsel geschrieben, vermitteln diese Geschichten sehr private Erfahrungen, geben aber zugleich persönliche Einblicke in die kulturelle Szene der letzten Jahrzehnte.

»›Das Glück ist kein Haustier‹ ist nicht nur eine ergreifende und schöne Liebesgeschichte, sondern auch eine spannende und unterhaltsame Chronik des deutschen und internationalen Films, und ganz nebenbei und unaufgeregt bietet das Buch auch noch faszinierende Reise-Impressionen über Moskau, Tokio, Las Vegas, Rom, Paris»

Mario Wirz, Die Welt

»... eine gegenseitige Liebeserklärung und wohl der erste Lebensbericht der Literaturgeschichte, den ein schwules Paar gemeinsam verfaßt hat.«

Matthias Kuhn, Süddeutsche Zeitung

»Die Wortvirtuosen erzählen ihre Lebensgeschichte mit solcher Selbstverständlichkeit, daß das Buch zu einem Plädoyer für Toleranz, Akzeptanz und vor allem für die große Liebe wird.«

Kölner Illustrierte

»Szenen keiner Ehe«

Thomas Vorwerk,
Frankfurter Allgemeine Zeitung